Herzklopfen im Sommer
Kerstin King

Kerstin King

Herz-
im klopfen
Sommer

Kerstin King
Jahrgang 1978, hat sich 2017 einen Traum erfüllt und ihren Debütroman Sommersprossen im Winter veröffentlicht. Wenn sie nicht schreibt, arbeitet sie in einer großen Leasinggesellschaft in Stuttgart. Sie lebt mit ihrem Mann in einem kleinen Ort in der Vorderpfalz und verbringt ihre Freizeit am liebsten in Wyk auf Föhr. Weitere Informationen zur Autorin finden Sie unter:
www.kerstinking.de

Deutschsprachige Erstausgabe März 2019
Copyright © 2019 Kerstin King
Alle Rechte vorbehalten
Das Werk einschließlich seiner Teile ist urheberrechtlich geschützt.
Jede Verwertung ist ohne Zustimmung der Autorin unzulässig. Dies gilt insbesondere für die elektronische oder sonstige Vervielfältigung, Übersetzung, Verbreitung und öffentliche Zugänglichmachung, wozu auch die Verbreitung über »Tauschbörsen« zählt. Der Text enthält eingebettete Signaturen, die eine Verfolgung illegaler Kopien zu ihrem Ursprung ermöglicht.
Covergestaltung und Satz: Wolkenart - Marie Wölk,
www.wolkenart.com
Bildmaterial: www.bigstockphoto.com
Herstellung und Verlag: BoD-Books on Demand, Norderstedt
ISBN: 9783749406920
1. Auflage

ZEIT,
sollte man nutzen,
denn sie verfliegt
und kommt nicht mehr zurück.

Verfasser unbekannt

Emilia

Ich stehe an der Reling zur Elbe, schließe meine Augen, atme die frische Nordseeluft ein und lausche dem Möwengeschrei.

Erst jetzt wird es mir so richtig bewusst, wie sehr ich Hamburg vermisst habe. Meine langen, braunen Haare wehen leicht im Wind, bis ich mich entscheide, sie zu einem Pferdeschwanz zusammenzubinden.

Fast ein Jahr habe ich wegen meines Studiums in München verbracht. Ich bin zwar zwischendurch mal hier gewesen, aber immer nur für ein Wochenende. Vor einigen Jahren hatte ich bereits mit meinem Marketingstudium angefangen, musste aber abbrechen. Mein Freund Tom und meine Lebensumstände hatten mich dazu gezwungen einen Job nach dem anderen anzunehmen, um irgendwie über die Runden zu kommen. Bis zu dem Tag, an dem Marvin, ein Bekannter meiner Mutter, mich der Inhaberin der Werbeagentur Maxfield vorgestellt hat: Alexandra Marquardt. Heute ist sie meine beste Freundin, meine Seelenverwandte. Trotz des Altersunterschiedes von 17 Jahren. Ihr habe ich zu verdanken, wo ich heute stehe. An der Reling zur Elbe, mit einem fast abgeschlossenen Marketingstudium, ohne Zukunftssorgen. Ja, ich gebe es ehrlich zu. Sie finanziert mein Leben und ich bin ihr so dankbar dafür, dass ich jeden Tag versuche, ihr etwas davon zurückzugeben.

Sie hat mir ihr größtes Geheimnis anvertraut. Die Abtreibung vor einigen Jahren. Ich habe daher immer das Gefühl, dass sie in mir eine Ersatztochter sieht und sie nicht anders kann, als mich zu verwöhnen. Wer Alexandra kennt, weiß, dass sie ein harter Brocken sein kann, aber genau das macht sie aus.

Mein Gedankenkarussell stoppt, als ich die Hinterlassenschaft einer Möwe auf meiner linken Schulter bemerke. Ich schaue gen Himmel und schmunzele. Das kann nur Glück bringen!

Mit meinem Gepäck in der Hand laufe ich an der Elbe entlang, Richtung Werbeagentur. Diesmal bleibe ich die gesamten Semesterferien. Es ist Sommer und ich kann endlich mal wieder Zeit mit Alexandra verbringen und ihr vielleicht auch bei der Arbeit unter die Arme greifen. Vorausgesetzt, sie lässt mich. Darin ist sie nämlich sehr eigen. Marvin, der auch in der Agentur arbeitet und ihr bester Freund ist, macht sich so seine Gedanken, ob Alexandra dieses Pensum noch länger durchhält.

Ich halte kurz inne, weil mein Handy eine SMS erhalten hat:

Anja:
Hey Emilia, bist du schon in HH??
LG Anja

> Na klar, was meinst du denn,
> warum die Sonne scheint??

Die habe ich von München mitgebracht.
Bin schon kurz vor der Agentur. Bis gleiiiiich

Anja:
O, super, ich freu mich. Dann kannst du auch gleich
Frau Marquardt zurückpfeifen. Die ist heute
wieder unausstehlich …
LG Anja

Mach ich, bis gleich.

Na, die wird Augen machen, wenn ich plötzlich in ihrem
Büro stehe. Alexandra weiß nämlich nicht, dass ich heute
schon komme. Sie wollte mich in München abholen. So,
wie sie immer alles alleine durchzieht. Aber diesmal über-
rasche ich sie einfach und nehme mal selbst die Zügel in
die Hand. Vermutlich wird sie sowieso in irgendwelchen
Mammutbesprechungen festsitzen.

Aber bevor ich in den Käfig des Löwen steige, mache
ich noch einen kurzen Abstecher zum Fischbrötchenpa-
villon.

Das schöne Wetter lockt viele Menschen ans Wasser
und zu allem Übel auch an den Pavillon. Auf zwanzig
hungrige Mäuler bin ich während des Wartens in der
Schlange gekommen. Leider vor mir und nicht hinter mir.

Mein Blick schweift über die Elbe. Das Glitzern des
Wassers ist immer eine Augenweide. Alexandra liebt es
auch so.

Ich überlege gerade, ob ich mir das wirklich antun soll, abzuwarten, bis ich an der Reihe bin oder nicht doch lieber direkt in die Agentur gehe.

»Emilia! Emilia!«

Neugierig drehe ich mich nach den Rufen um und erstarre. Susan. Susan Hauck. Ihre roten Haare sind auch in der größten Menschenmenge nicht zu übersehen.

Sie ist diejenige, die vor zwei Jahren Alexandra den Mann ausgespannt hat. In der Agentur hat sie vor einiger Zeit gekündigt. Sie konnte mit Alexandra nicht mehr unter einem Dach arbeiten. Naja, wenn man mich fragt, dann ist nicht sie die Leidtragende gewesen. Ich mag sie nicht. Und nachdem auch ich schlechte Erfahrung mit Alexandras Mann gemacht habe, könnte man durchaus nachvollziehen, wenn sich Susan schon wieder getrennt hätte.

»Moin, Emilia! Du wieder in Hamburg? Wie geht es dir? Gut siehst du aus. Irgendwie verändert.« Sie mustert mich von oben bis unten.

»Hey, Susan. Was für eine Überraschung!«, versuche ich so freundlich wie möglich zu reagieren. Dass ich anderes denke, sieht man mir vermutlich kilometerweit an.

Sie steht an ihrer Bluse zupfend vor mir und macht einen etwas nervösen Eindruck. Ihre Klamotten scheinen aus einem Secondhandladen zu sein und das rote Leder ihrer Schuhe sieht auch sehr abgewetzt aus. So gut wie bei Alexandra wird sie vermutlich nicht mehr verdienen. Früher hat sie sich aufgeführt, als wäre sie die Chefin von Maxfield.

»Und? Lass mal hören! Wie schmeckt dir das teure Leben, das du Dank deiner Gönnerin führen kannst?«

Ich runzele die Stirn und mache einen Schmollmund. Warum muss sie immer darauf rumreiten? Sie hinterlässt den Anschein, als wäre sie neidisch auf mich. Aber ich wäre nicht die beste Freundin von Alexandra, wenn ich mich nicht aus so einer Lage befreien könnte. Stolz und mit vorgezogenem Kinn fahre ich meine Krallen aus. »Ja, Susan. Ich kann wirklich nicht klagen. Alexandra finanziert mir mein Marketingstudium und die Wohnung in München. Ich wohne aber nicht in einer WG, sondern habe ein Loft in der Münchener City bezogen, ganz nah an der Uni. So oft ich will, kann ich nach Hamburg kommen und es mir gutgehen lassen. Ich darf Alexandras Lieblingsspielzeug, ihren Audi RS 5, fahren, der richtig Druck kriegt, wenn man Vollgas gibt.« Susan steht mit offenem Mund vor mir, als hätte sie etwas ganz anderes erwartet.

Weil es mir solch einen Spaß macht, weiterhin in ihr blödes Gesicht zu gucken, fahre ich mit meinen Ausführungen fort.

»Und da ist ja auch noch die Penthouse Wohnung in der HafenCity, die ich mit Alexandra bewohne. Frauen-WG. Ist eine tolle Sache. Kann ich dir nur ans Herz legen.« Susan wendet den Blick von mir ab, so als würde sie verzweifelt in der Menschenmenge nach einem neuen Opfer suchen.

»Ist Robert eigentlich immer noch arbeitslos? Vielleicht suchst du dir auch so eine Freundin wie Alexandra. Weißt du, was ich meine?« Ich kann mir ein Grinsen nur schwer verkneifen. Also versuche ich Haltung zu bewahren und harre der Dinge, die da kommen. Oder auch nicht. Susan sagt gar nichts mehr, wendet sich von mir ab und läuft mit großen Schritten davon.

Ich schnaufe aus und merke, wie ich am ganzen Körper zittere. So locker wie Alexandra mit solchen Themen umgeht, geht es bei mir dann doch nicht. Dass ich ausgerechnet Susan über den Weg laufen muss!

Irgendwie verspüre ich nach diesem Zusammentreffen überhaupt keine Lust mehr auf ein Fischbrötchen. Ich trete aus der Warteschlange heraus und gehe ein paar Schritte zur Elbe. Mein Gesicht strecke ich in die Sonne, bis mein Handy mich zurückholt.

Anja:
Hey, wo bleibt du denn? Hast du dich verlaufen??? 😊
LG Anja

Ne, ich komm schon.

Keine zehn Minuten später stehe ich vor der Agentur. Es ist ein imposanter Bau. Ganze zwanzig Stufen muss man erklimmen, bis man an der Eingangstür ankommt. Die Drehtür ist mit Gepäck nicht ganz einfach zu betreten. Ich versuche mich ganz dünn zu machen, wenn das überhaupt noch möglich ist und schlängle mich durch. Leider ist von der anderen Seite der Zustellkurier in die Drehtür gelaufen, der solch einen Schwung reingebracht hat, dass ein Ausstieg nicht möglich ist und ich noch einmal im Kreis laufen muss.

Puh, das war ganz schön knapp. Noch mehr Schwung und ich wäre an der Glasscheibe geendet.

Mein Weg führt mich direkt zum Fahrstuhl, am Empfang vorbei und an unzähligen Menschen, die mal wieder durch Maxfield die Werbekampagne des Jahres starten wollen. Ich hasse diesen Trubel. Mehrmals drücke ich die Taste am Fahrstuhl. Nervös und voller Spannung, endlich Alexandra wieder zu sehen, erwarte ich, dass sich jetzt in diesem Augenblick die Fahrstuhltür öffnet. Natürlich passiert nichts. Ich schaue mich etwas um und fange leise an zu pfeifen.

PLING

Die Tür öffnet sich und Anja tritt heraus. »Hey, Emilia! Da bist du ja endlich!« Wir umarmen uns und sie streicht mir über den Rücken. Unsere Freundschaft ist während meines Studiums gewachsen. Wir haben regelmäßig Kontakt und einmal hat sie mich sogar in München besucht. Ich mag sie. Leider gibt es nicht mehr allzu viele Menschen, die einen noch beeindrucken können.

»Sag mal, hast du den Eingang verfehlt oder warum hat das jetzt solange gedauert?« Grinsend und mit aufgerissenen Augen steht sie vor mir.

»Ha, ha, natürlich nicht! Ich bin aufgehalten worden. Und du errätst nicht, von wem.«

»Na, von Frau Marquardt bestimmt nicht. Die tobt *hier* im Haus rum!«, reagiert Anja genervt.

Auf dem Parkplatz stehen unzählige schwarze Limousinen der unterschiedlichsten Marken. Audi, BMW, Mercedes, Jaguar, Porsche. Und einer scheint mir teurer zu sein als der andere. Nicht zu vergessen, Alexandras Audi, der auf seinem angestammten Parkplatz steht. Nach dem Auflauf auf dem Parkplatz zu schließen, stehen heute wieder einige Meetings auf dem Programm und Alexandra wird vermutlich keine Zeit finden mal durchzuschnaufen. Marvin hat ganz recht, wenn er sagt, dass er sich Gedanken um sie macht. Ich habe auch Angst. Angst, dass sie eines Tages unter den Lasten zusammenbricht. Das geht schon viel zu lange gut. Zumindest wenn man sich die Geschichte mit den Schlaftabletten und dem Alkohol schönredet. Da war es Marvin, der sie in letzter Sekunde gerettet hat.

Ich erschrecke, als Anja direkt vor meinen Augen mit ihren Fingern schnippt. »Hey, bist du am Träumen? Wen hast du denn jetzt getroffen?«

»O, entschuldige bitte! Ich habe gerade an Alexandra denken müssen«, gebe ich kleinlaut zu.

»Das ist das Stichwort, aber zuerst möchte ich wissen, wen du so geheimnisvolles getroffen hast. Hm?«

Wir steigen zusammen in den Fahrstuhl und fahren in den vierten Stock. Allein schon der Fahrstuhl hat mich damals schwer beeindruckt. Komplett aus Glas. Ein schwarzer Schriftzug mit dem Namen *Maxfield* ziert die Glasfronten, ein roter Teppichboden mit goldenen Punkten und ein imposanter Glaslüster. Der pure Wahnsinn.

PLING

Im vierten Stock angekommen, schaue ich den Flur entlang. Auch hier findet man feinsten, roten Teppichboden mit Goldpunkten vor. An den Wänden sind kleine Kristallleuchten angebracht. In diesem Licht schimmern die Goldpunkte sogar noch mehr. Vor dem Fahrstuhl steht eine schweineteure schwarze Ledercouch, die zum Verweilen einlädt.

Alles so, wie es war. Bei diesem Anblick erscheinen viele Bilder aus vergangenen Zeiten, schöne und nicht so schöne.

»Hallo?? Erde an Emilia?«, sucht sie meinen Blick. »Muss ich mir Sorgen machen? Du bist so abwesend.«

»Nein, nein. Es ist alles in Ordnung. Bei mir kommen nur gerade ein paar Erinnerungen hoch. Also – ich habe vorhin am Fischpavillon Susan getroffen. Susan Hauck!«

»Nee, ne? Wir geht`s ihr denn? Ist sie noch mit dem Ex von Frau Marquardt zusammen?«

»Weiß ich nicht. Sie sah allerdings nicht sehr berauschend aus. Zumindest nicht so, wie wir sie kennen. Aber du, lass uns später noch quatschen. Ich will jetzt erstmal zu Alexandra. Was ist denn eigentlich vorgefallen, weil du vorhin gesagt hast, dass ich sie zurückpfeifen soll?«

Mittlerweile vor Anjas Bürotür angekommen, hinterlässt sie den Anschein, als wolle sie sich jetzt doch nicht mehr dazu äußern.

Anja versucht mir in schnellen Sätzen zu erklären, dass Alexandra im gestrigen Meeting ausgeflippt ist. Ein festzugesagter Werbeauftrag für Claasen ist nicht rechtzeitig fertiggestellt worden.

»Und da wundert ihr euch, dass sie ausflippt? Das könnt ihr doch nicht machen! Claasen ist einer der wichtigsten Kunden und, soweit ich weiß, auch sehr schwierig.«

Anja hat für meine Reaktion offenbar überhaupt kein Verständnis und zieht die Mundwinkel nach unten.

»Das hätte ich mir ja denken können, dass du wieder auf ihrer Seite stehst. Die ist fünf Arbeitstage vor Abgabe mit diesem Projekt um die Ecke geschossen gekommen. Und es ist ja nicht gerade so, dass wir Langeweile hätten. Der Platz von Susan wurde ja schließlich erst vor kurzem wieder besetzt und diese Person hat so überhaupt keine Ahnung, was sie hier tut.« Anja steht der Ärger ins Gesicht geschrieben. Vermutlich war es tatsächlich wieder so ein Schnellschuss von Alexandra. Viele sind ihrem strammen Pensum nicht gewachsen.

»Ok, ich rede mit ihr. Ich versuch`s. Aber du weißt ja, dass sie bei solchen Themen auch oft bei mir die Tür zuschlägt. Ich sag dir Bescheid. Aber jetzt muss ich wirklich weiter. Bis später, Anja.« Wir lösen uns aus der Umarmung und ich gehe ein paar Türen weiter, zum Vorzimmer. Dort klopfe ich vorsichtig an und trete ein.

Frau Cooper, die treue Seele und Alexandras Sekretärin sitzt vertieft an ihrem Schreibtisch. Sie sieht erschöpft aus und man kann inzwischen deutlich erkennen, dass die vielen Arbeitsjahre nicht spurlos an ihr vorrübergegangen sind. Als ich auf sie zugehe, wandert ihr Blick über die Brille und sie richtet ihren Oberkörper auf. »Emilia! Wie schön! Auch wieder in Hamburg?« Freudestrahlend springt sie von ihrem Stuhl auf und umarmt mich herzlich.

»Ja, ich bin die ganzen Semesterferien hier und versuche mich in der Agentur etwas einzubringen. Soweit ich kann. Ich bin ja schließlich vom Fach«, grinse ich sie an. Sie nickt und schmunzelt etwas verlegen.

Mein Blick wandert nach links zur Tür von Alexandras Büro. »Ist sie da? Kann ich rein?«, frage ich aufgeregt nach. Zwei Monate ist es her, dass ich sie das letzte Mal gesehen habe. Wir telefonieren zwar täglich, aber das ist ja nicht dasselbe.

»O nein, Emilia. Das ist jetzt ganz schlecht. Frau Marquardt ist seit drei Stunden in einem Meeting und ein Ende ist nicht abzusehen. Die Herren der Firma *Shape Drive* aus München sind da. Allerdings hat sie in einer Stunde einen Auswärtstermin. Eventuell muss ich diesen sogar verschieben.« Ich mache ein trauriges Gesicht, als die Tür von Alexandras Büro aufgeht und Marvin herauskommt.

»Emilia! Moin! Ich dachte Alexandra holt dich in München ab? Bist du jetzt doch früher als geplant losgekommen?« Er reicht mir die Hand und ich kann nicht anders, als ihn zu umarmen. Er war es, der mir in diesen vier Wänden einen Arbeitsplatz verschafft hat und auch dank ihm, habe ich Alexandra kennengelernt. Wir lösen uns aus der Umarmung und er bittet Frau Cooper um weitere zwei Kannen Kaffee.

Da die Tür einen Spalt weit offen steht, kann ich Alexandra am Besprechungstisch sehen. Blass und ich würde mal sagen, sie hat schon wieder ganz schön abgenommen. Am linken Arm kann ich ihre teure Rolex-Uhr funkeln sehen und den megaschweren Klunker, der über und über mit Brillanten übersäht ist. Mit der anderen Hand streicht sie sich ihre langen, blonden Haare vorsichtig hinters Ohr. Sie ist angespannt und hochkonzentriert.

Ich kann unmöglich bis heute Abend warten, wenn ich so nah an ihr dran bin. Leise stelle ich mich in den Türspalt und hoffe, dass sie mich erblickt. Leider vergeblich. Sie ist so vertieft, dass sie meine Anwesenheit nicht wahrnimmt.

»Alexandra? Alexandra?«, rufe ich so leise wie irgendwie möglich und räuspere mich ganz vorsichtig.

Plötzlich dreht sie ihren Kopf in meine Richtung, um sofort wieder den Blick auf das ihr vorliegende Papier zu richten. In Sekundenschnelle erblickt sie doch wieder meine Augen und schaut mich mit offenem Mund irritiert an.

»Entschuldigen Sie mich bitte für einen kurzen Moment, meine Herren!«, kommt es leise aus ihr heraus. Die Herren drehen sich zu mir um und Alexandra läuft zielstrebig auf mich zu.

»Emi! Süße! Was machst du hier? Ich dachte, ich soll dich nächste Woche in München abholen!« Vor lauter Freude springe ich ihr an den Hals und drücke sie ganz fest an mich. Sie gibt mir so viel, was ich bei meiner eigenen Mutter so schmerzlich vermisse. Da diese alkoholabhängig ist, habe ich keinen Kontakt mehr zu ihr. Und auch so haben sich unsere damaligen Treffen immer als schwierig herausgestellt, so dass ich mich letztendlich dazu entschieden habe, mich ganz von ihr zu distanzieren.

»Ich wollte einmal vor dir ins Ziel kommen und das habe ich jetzt endlich geschafft! YES!!« In Siegerpose stehe ich lachend vor ihr.

»Meine Süße – komm her. Ich bin so froh, dass du da bist - so froh.« Vorsichtig drückt sie mir einen Kuss auf die Stirn und streicht mir über die Arme. Ihre Augen werden feucht und sie versucht meinem Blick auszuweichen.

»Du hast wieder mal Stress, hm?«, frage ich behutsam nach.

Da sie sich mitten in einem *enorm, megawichtigen* Meeting befindet, kommt Marvin ermahnend auf uns zu.

»Alexandra, kommst du bitte. Die Herren werden ungeduldig!«

Sie nickt nur wie ein gesteuerter Roboter und drückt mich noch mal fest an sich.

»Komm heute Abend bitte nicht so spät nach Hause. Versprichst du mir das?« Erwartungsvoll stehe ich vor ihr.

Sie nimmt mein Gesicht in ihre Hände und schaut über mich hinweg. »Ich muss heute Abend um 20 Uhr in der

Handelskammer sein. Es wird spät. Unternimm etwas Schönes und denk an mich.«

Weil ich sie nicht einfach so gehen lassen will, versuche ich sie mit einer weiteren Frage aufzuhalten.

»Hast du heute schon etwas gegessen?« Sie schüttelt nur den Kopf und versucht sich von mir abzuwenden. »Aber die Tabletten nimmst du nicht mehr! Oder?« Ängstlich warte ich auf eine Antwort. »Ich muss rein, Emi. Wir sehen uns später.« Sie streichelt mir über den Kopf und verschwindet in ihrem Büro.

Puh. Kaum hier, schon habe ich wieder das Gefühl, dass mir die Luft zum Atmen fehlt. Ich muss etwas unternehmen, damit Alexandra endlich zur Vernunft kommt und kürzertritt.

Aber jetzt werde ich mir erstmal ein Taxi bestellen und zur Wohnung fahren. Von der Fahrt bin ich jetzt doch ziemlich müde. Ich werde es mir erst mal auf der Couch gemütlich machen. Auf Alexandra brauche ich ja nicht zu warten. Alles beim Alten.

Alexandra

Der gestrige Abend in der Handelskammer hat wieder viel länger gedauert als bereits befürchtet. Da ich Emilia nicht mehr wecken wollte, bin ich direkt ins Schlafzimmer und habe meinen Gedanken freien Lauf gelassen.

Es ist ein schönes Gefühl, dass sie wieder hier ist und zumindest die gesamten Semesterferien in Hamburg verbringt. Ich muss es einfach schaffen, in diesen drei Monaten Zeit freizuschaufeln. Zeit, die ich mit ihr verbringen möchte. Vielleicht schnappe ich sie mir und wir fahren in mein Haus nach Föhr. Einfach mal wieder die Seele baumeln lassen. Das kann ich inzwischen am besten, wenn sie dabei ist. Sie bringt mich auf andere Gedanken. Bei ihr bin ich nicht die Unternehmerin, sondern die Freundin. Eine Freundin, die Hilfe braucht. Ich weiß einfach nicht mehr weiter. Nicht mehr weiter mit meinem Leben, mit meiner Arbeit, mit mir selbst. Aber kann ich von ihr erwarten, dass sie mich auffängt? Sie ist noch so jung, so unerfahren. Ich möchte nicht, dass sie durch mich die schönen Seiten des Lebens verpasst, nur weil ich nicht in der Lage bin, mein eigenes Leben aufzuräumen. Zu viel ist in den letzten Jahren passiert und ich habe nichts geklärt.

Um mich unter Kontrolle zu halten, drücke ich die letzte Tablette aus dem Blister und nehme einen großen Schluck Wasser. Für einen kurzen Moment wird mir schwarz vor

Augen und mein Kreislauf schwangt. Der Spuk ist ein paar Sekunden später vorbei. Die Tablette wirkt.

Als ich endlich an meinem Computer die ersten Termine für heute durchgehen möchte, klopft es an der Tür und Marvin kommt herein.

»Guten Morgen, schöne Frau! Hast du einen Moment Zeit?«

Erwartungsvoll nimmt Marvin auf einem der Stühle Platz, die um den Besprechungstisch stehen. Vielleicht sollte ich mich ihm doch anvertrauen. Aber ich kann ihm unmöglich sagen, dass ich vor Jahren von ihm schwanger war. Das wäre das Ende unserer Freundschaft. In Gedanken versunken, starre ich auf meinen Bildschirm.

»Ehrlich gesagt, passt es mir im Moment nicht so. Ich hab´ um halb zehn meine erste Besprechung und muss danach noch nach Elmshorn. Außerdem will ich heute nicht so spät nach Hause – wegen Emilia.«

Marvin steht auf und läuft zu mir um den Schreibtisch. Er ergreift meine Hände und zieht mich hoch. »Du bist so abwesend. Seit Wochen. Nimmst du wieder Tabletten, Alexandra?« Ich fühle mich ertappt und verspüre auf dieses Gespräch so überhaupt keine Lust. »Marvin! Ich sage es dir gerne noch mal. Mir geht es gut. Lass mich einfach in Ruhe! Damit hilfst du mir am meisten.« Zaghaft schaue ich in sein versteinertes Gesicht. »Das beantwortet nicht meine Frage«, flüstert er.

Meine Augen füllen sich mit Tränen und ich bin froh, dass in diesem Moment mein Telefon klingelt und ich wie in Trance abnehme.

Emilia

Alles, was ich mir wünsche, ist Zeit. Zeit mit meiner besten Freundin verbringen zu können. Zeit für einen bestimmten Moment, die uns geschenkt wird, für die wir keine zweite Chance erhalten. Mehrmals bin ich in der Nacht wachgeworden und habe über Alexandras aufreibendes Leben nachgedacht und an ihre Worte, die sie mir damals gesagt hat:

Vergiss bitte nie, Emi, dass ich in erster Linie Unternehmerin bin. Mein Leben spielt sich hauptsächlich in diesen vier Wänden ab, aber die Zeit, die ich davor, dazwischen und vielleicht auch noch spät in der Nacht habe, die werde ich ausschließlich mit dir verbringen, weil du die Welt für mich bist. Ich werde dich immer beschützen und dafür sorgen, dass es dir an nichts fehlt.

Leider standen wir in dem Moment in der Agentur und nicht hier zuhause. Ich wusste also, auf was ich mich einlasse. Selbst Marvin hat mich davor gewarnt, nicht zu viel zu erwarten. Und schon dreimal keine Zeit mit Alexandra. Aber jetzt ist es genug. Ich werde das Gespräch mit ihr suchen.

Auf dem Nachttisch ertaste ich mein Handy und setze mein Vorhaben gleich in die Tat um.

*********Guten Morgen *******

Natürlich bist du schon wieder weg. Du hast heute
Morgen noch nicht mal Tschüss gesagt … Wie willst du
das wieder gutmachen? ;-) Hdl Emi

Jetzt heißt es wieder warten. Warten, bis Alexandra die
SMS liest. Warten, bis sie zurückschreiben kann. Und wieder vergeht kostbare Zeit, die wir nicht mit Leben füllen.
Ich beschließe, mich fertig zu machen und zur Agentur zu
laufen. Da sich diese, genauso wie die Wohnung, in der
HafenCity befindet, ist das bei schönstem Sonnenschein
die beste Idee seit langem. Verträumt schlendere ich an
der Elbe entlang, bis sich mein Handy meldet. Alexandra?
Schmerzlich muss ich erkennen, dass es Anja ist.

Anja:
Moin, Emilia! Kommst du heute
in der Agentur vorbei? Wir könnten
heute Abend etwas trinken gehen.
Hast du Lust?

Eigentlich schon, denke ich. Ich weiß aber nicht, ob Alexandra früher nach Hause kommt. Da ich das erst klären
will, tippe ich eine kurze SMS zurück:

Ich melde mich, bin auf dem Weg zur Agentur.
Muss etwas klären …
LG Emilia

Anja:

Ich hoffe, du denkst noch daran
mit Frau Marquardt zu sprechen!!!!
Das ist lebenswichtig!! Hörst du??
LG zurück

Mist, das habe ich ja ganz verdrängt. Ich weiß gar nicht, ob es so eine gute Idee ist, Alexandra auf das Claasen-Thema anzusprechen. Mal gucken, ob ich sie überhaupt antreffe.

Um Anja nicht im Unklaren zu lassen, weil ich das selbst nicht schön finde, schreibe ich ihr wenigstens noch kurz zurück.

Ich gebe mein Bestes 😊😊!!!!

Anja:

Alexandra

Von überkommender Müdigkeit geplagt, versuche ich die Besprechung mit Herrn Petersen noch mal Revue passieren zu lassen. Er ist seit vielen Jahren unserem Haus verbunden. Jedes Jahr aufs Neue veranstaltet er ein großes Event, wobei natürlich die dementsprechende Werbung nicht fehlen darf. Auch dieses Jahr werde ich ihm diesen Wunsch erfüllen. Dieser Auftrag gehört zu den eher kleinen Geschäften, die ich aber gerne umsetze aufgrund der langjährigen Geschäftsverbindung, schon damals zu meinem Onkel, als er noch die Agentur geleitet hat und ich sie nach seinem Tod übernommen habe. Herr Petersen gehört sozusagen zum Inventar.

Ich gehe zum Vorzimmer und übergebe Frau Cooper die unterzeichneten Dokumente in der Unterschriftmappe zurück.

»War alles zu Ihrer Zufriedenheit, Frau Marquardt?« Zaghaft lächelt sie mich an und ich nicke zufrieden.

Als ich mich wieder in mein Büro begebe, höre ich Emilia hinter mir. »Du rennst jetzt aber nicht gleich wieder weg, oder?«

»Warum sollte ich denn wegrennen? Guten Morgen, Emi.« Ich will sie in den Arm nehmen, aber sie entzieht sich geschickt dem Versuch und läuft direkt in mein Büro.

Ich schließe leise die Tür und gehe zu meinem Schreibtisch.

»Und, hast du dir schon überlegt, wie du es wieder gutmachen willst?« Mit großen Augen schaut sie mich an. Ehrlich gesagt, weiß ich überhaupt nicht, worauf sie hinauswill. Ich runzele die Stirn und lasse meine Augen hin und her wandern.

Emilia verzieht ihr Gesicht und sieht so aus, als würde gleich ein Donnerwetter hereinbrechen. Sieh mal einer an! Meine Emilia bekommt Chefqualitäten. Ich muss grinsen und presse meine Lippen fest aufeinander.

»Was ist daran bitte so komisch, hmmm?« Verärgert sieht sie mich an. Ich trete auf sie zu und fasse sie links und rechts behutsam an beiden Armen. »Was willst du mir denn sagen, Emi?«

»Kann es sein, dass du meine SMS nicht gelesen hast?« Zornig reist sie sich los und tritt zur Fensterfront. Mit verschränkten Armen guckt sie auf die Elbe hinaus. Genauso stehe ich dort, wenn ich verärgert bin. Sie wird mir immer ähnlicher.

Ich schaue auf das Display meines Handys und kann unter einigen SMS ihre Nachricht entdecken. Gerührt von ihren Worten gehe ich zu ihr ans Fenster, ergreife sie von hinten und drücke ihr einen Kuss auf den Scheitel. »Du weißt doch, dass ich meistens erst abends die Nachrichten auf meinem Handy lese. Hmmmm? Entschuldige, bitte. Und jetzt muss ich mir etwas überlegen, wie ich es wieder gutmachen kann?«

Sie dreht sich zu mir um und nickt sachte.

Ich könnte versuchen, die Termine für Freitag zu verlegen und Marvin bitten, am Samstag die Abnahme für das Hoffmann-Projekt zu übernehmen. Hoffmann ist ein wichtiger Kunde für uns, mit einer Auftragslage von mehreren Millionen. Aber Marvin ist schließlich nicht nur mein bester Freund, sondern auch stellvertretender Geschäftsführer von Maxfield.

»Was hältst du davon, wenn wir für vier Tage nach Föhr ins Haus fahren?«

Mit offenem Mund schaut Emilia mich entgeistert an. »Bist du sicher?«

Ich nicke und nehme sie in den Arm.

Emilia

Alexandra hat wirklich ernst gemacht und bereits heute früh sind wir Richtung Dagebüll aufgebrochen. Nach Dagebüll, weil wir von dort aus mit der Fähre nach Föhr übersetzen. Wenn Alexandra nicht ganz so schnell gefahren wäre, hätten wir es unmöglich in gut drei Stunden geschafft. An ihren rasanten Fahrstil werde ich mich wohl nie gewöhnen.

Sie stellt den Audi auf dem eingewiesenen Platz ab und wir gehen auf das obere Deck der Fähre. Von dort aus hat man einen herrlichen Blick auf die schöne Nordsee. Das Wasser glitzert mit der Sonne um die Wette. Schöner könnte es kaum sein.

Als ich meine Augen nach links drehe, kann ich Alexandras Blick erkennen. Sie steht völlig gelassen neben mir und schaut mich einfach nur an. Ich drehe mich zu ihr um und lege meinen Kopf schief. »Was denkst du?«, stelle ich neugierig meine Frage. Sie streichelt mir sanft über die Wange, stützt sich auf der Reling ab und schaut aufs Meer hinaus. Ihre langen, blonden Haare wehen im Wind. Sie sieht sehr müde aus und die teure Armbanduhr hängt locker an ihrem Handgelenk. Auch ein Zeichen dafür, dass sie die letzten Monate schon wieder abgenommen haben muss.

Ich entscheide mich dafür, sie erstmal ankommen zu

lassen. Daher bohre ich jetzt auch nicht weiter, sondern genieße einfach nur die Zeit mit ihr.

Nach einer dreiviertel Stunde Überfahrt fahren wir direkt in die Gmelinstraße zu Alexandras Haus. Als ich das letzte Mal mit ihr dort gewesen bin, war es Winter. Alles war kahl und die Natur im tiefsten Winterschlaf. Zudem war es bitterkalt. Jetzt im Sommer finde ich eine wahnsinnig tolle Blütenvielfalt vor. Auf dem Grundstück steht ein ganz alter verknöcherter Apfelbaum, dem man bereits ansieht, dass er bald Früchte tragen wird. Die Wiese ist wunderschön grün und dahinter kann man einen Blick auf die Nordsee erhaschen. Es sieht alles märchenhaft aus.

Alexandra ist ungewohnt still. Ich vernehme keinerlei Regung von ihr. Sie stellt den Motor ab und starrt nur geradeaus.

»Komm, lass uns reingehen. Wir ziehen uns schnell um und machen noch einen Abstecher zum Wasser. Hmmm?« Alexandra starrt weiterhin ins Leere. Ich nehme behutsam ihre Hand und drücke sie ganz fest. Sie zuckt förmlich zusammen, als hätte sie erst jetzt bemerkt, dass ich neben ihr sitze.

»Entschuldige, Emi. Was hast du gesagt?" Mit traurigem Blick sieht sie mich an. »Lass uns reingehen. Wir ziehen uns schnell um und machen noch einen Spaziergang am Wasser. Ok?«

»Ja, das machen wir. Gerne.« Mehr kam nicht aus ihr heraus. Immer mehr habe ich die Befürchtung, dass sie wieder Tabletten nimmt. Ich darf sie die nächsten vier

Tage nicht aus den Augen lassen. Auch nicht in der Nacht. Ich muss wissen, ob sie von diesem Teufelszeug abhängig geworden ist.

Wir schlendern eingehakt am Wasser entlang. Die Schuhe haben wir gleich zuhause gelassen und streifen mit unseren Füßen die weißen Schaumkrönchen, die die kleinen Wellen ans Ufer spülen. Ich ergreife Alexandras Hand und schaue sie einfach nur an. Mittlerweile habe ich Hunger bekommen. Da wir bereits am Hafen angekommen sind, versuche ich Alexandra in das Restaurant *Zum Walfisch* zu bekommen. Ich finde es schon von außen schnuckelig und mit allen nordfriesischen Dingen dekoriert. Alexandra kennt durch ihre unzähligen Geschäftsessen nur Restaurants, die Gault-Millau-Niveau haben. Mir sind solche Läden ein Groll.

Kurz vor der Eingangstür, die bereits einladend offensteht, drücke ich Alexandra ganz dezent in die Richtung.

»Ne, komm, Emi. Lass uns woanders hingehen.« Ich sehe an ihrem Gesicht, dass ihr das überhaupt nicht in den Kram passt. Aber diesmal werde ich mich durchsetzen. Ihr Blick wandert zu den verschiedenen Tischen und dann zur Terrasse. Ihre Augen verkleinern sich und sie blinzelt mehrmals. Es hat den Anschein, als würde sie nicht richtig sehen oder sie würde von irgendetwas geblendet.

»Hallo, ihr Hübschen! Möchtet ihr draußen sitzen? Es ist heute herrliches Wetter. Kommt, ich zeig euch ein schönes Plätzchen«, werden wir herzlich von der weiblichen Bedienung begrüßt. Hungrig laufe ich direkt hinterher, bis Alexandra von hinten ruft.

»Ich geh schnell auf die Toilette. Ich komm dann.«

»Warum?«, frage ich ängstlich nach, weil ich befürchte, dass sie sich etwas einwerfen könnte. Sie läuft auf mich zu und ihr Blick ist ernst. Diesen Augenaufschlag kenne ich. »Emilia! Wenn du nicht sofort damit aufhörst, dann brechen wir das hier ab und wir fahren direkt nach Hamburg zurück.«

Warum verstehst du denn nicht, dass ich Angst um dich habe. Ich will es einfach nur rausschreien, aber ich bekomme keinen Ton heraus. Meine Gedanken fahren Achterbahn. Ich muss an ihr dranbleiben. Sie weicht von ihrem Vorhaben ab und läuft genervt auf die Terrasse.

»So, bitteschön, ihr Hübschen! Sucht euch etwas Schönes aus der Karte aus. Ich komme dann gleich wieder«, erklingt die fröhliche Stimme der etwas älteren Kellnerin. Alexandra scheint von ihr wenig begeistert. Sie hat inzwischen Platz genommen und schaut die freundliche Frau mit strengem Blick an. Ich werde trotzdem nicht lockerlassen. Mir macht nicht nur ihre Verfassung, sondern auch ihre Haltung Angst. Sie kann überhaupt nicht mehr mit Menschen umgehen, die nicht auf Augenhöhe mit ihr sind. Dabei ist doch gerade Alexandra so ein herzlicher und warmer Mensch. Warum lässt sie kaum jemanden daran teilhaben?

Meine Gedanken kreisen, während Alexandra noch eine Nachricht in ihr Handy tippt. Nach einem kurzen Blick in die Speisekarte, entscheiden wir uns beide für die Nordseescholle mit Kartoffeln. Mein Blick schweift durch das Restaurant und ich bin begeistert, mit wie viel Liebe alles hergerichtet ist. Während die Kellnerin unsere Bestellung aufnimmt, stellt sich heraus, dass sie sogar die Inhaberin ist.

»Ja, mein Herzchen«, fängt sie freundlich an. »Ich bin Jola und das hier ist mein Reich. Mein Mann bereitet die Köstlichkeiten zu. Wir machen das schon über dreißig Jahre. Ich habe auch eine Tochter. Sie ist auch so ein Herzchen. Hat aber blonde, lange Haare. So wie deine Freundin hier.« Mein Blick wandert zu Alexandra hinüber. Man sieht es ihr an, dass es ihr immer schlechter geht. Sie reibt sich ständig die Augen und ist überhaupt nicht anwesend. Ob ich Marvin anrufen soll?

Ein weiterer Gast ruft nach Jola und so huscht sie weiter. Um mich etwas abzulenken, schaue ich mir die Terrasse genauer an. Wunderschöne Hortensien schmücken die Fläche um die Tische herum. Jede Kleinigkeit ist perfekt inszeniert. Kurze Zeit später wird unser Essen serviert und es schmeckt einfach köstlich. Leider scheint Alexandra keinen Appetit zu haben, da sie gelangweilt nur auf dem Teller herumstochert.

»Sollen wir gehen, Alexandra?«

»Was? Ja, lass uns gehen. Ich bin müde.« Sie steht auf und ich bemerke ihren unsicheren Stand. Ohne aufzusehen, will sie Richtung Ausgang, als ich sie aufhalte.

»Hey! Wir müssen noch bezahlen!«, rufe ich ihr hinterher.

Ihre Bewegungen sehen wie abgespult aus. Sie kramt in ihrer Hosentasche und legt einen 500-Euro-Schein unter das Teelicht. »Das ist doch zu viel zu viel, Alexandra! Ich glaube nicht, dass Jola das gewechselt bekommt.« Meine Worte hört sie nicht mehr. Sie läuft bereits Richtung Strandpromenade.

In der Zwischenzeit ist Jola aufgetaucht und ruft hinter mir her: »Hey, Herzchen, das geht so nicht!«

»Ich komme morgen vorbei. Dann können wir das regeln. Ich muss jetzt leider ganz dringend los. Bis dann!« Freundlich winkt sie mir zu und ich versuche Alexandra einzuholen.

Ich sehe sie am Steinwall stehen. Dort, wo überall Schlösser mit Liebesbotschaften angebracht sind. Sie hält sich den Magen und ist nach vorne gerichtet. Ich laufe so schnell ich kann.

»Hast du dich übergeben müssen?«, frage ich mit zitternder Stimme und noch ganz außer Atem. Sie schiebt mich zur Seite und geht langsam weiter. »Es geht schon wieder, Emi. Mach dir keine Sorgen. Bitte!«

Ich habe mich so sehr auf diese vier Tage gefreut und jetzt das. Aber habe ich wirklich etwas anderes erwartet?

Im Haus angekommen, geht Alexandra direkt die Treppe zum Schlafzimmer hinauf. Ich folge ihr, auch schon deshalb, weil ich vermeiden möchte, dass sie die Stufen hinunterfällt.

Völlig fertig liegt sie ausgestreckt auf dem Bett. Ich lege mich zu ihr und kuschele mich eng an sie. Sie erwidert meine Nähe und drückt mir einen Kuss auf die Stirn. Sie hat die Augen geschlossen und ich merke, wie sie erschöpft einschläft. Ich drücke ihr einen Kuss auf die Wange und gehe auf Zehenspitzen hinunter ins Wohnzimmer.

Aus lauter Verzweiflung schicke ich Marvin eine SMS:

> Hey, Marvin! Können wir kurz
> telefonieren?
> LG Emilia

Keine fünf Minuten später piepst mein Handy.

Marvin:
Hey, Emilia! Ist etwas passiert?
Ich bin noch ca. eine Stunde auf
einem Außentermin. Ich könnte dich
so gegen 15 Uhr anrufen. Reicht das?
Gruß Marvin

> Ja, klar. Muss etwas mit dir besprechen.
> Ich warte auf deinen Anruf. Bis später.
> LG Emilia

Ich habe es mir in der Zwischenzeit im Ohrensessel bequem gemacht und überlege jedoch, ob ich mir nicht draußen ein schattiges Plätzchen suchen soll. Leise schließe ich die Haustür und laufe barfuß über das kühle Gras im Garten. Ich schaue mit glühenden Wangen in die Weite und dann hoch am Haus zum Schlafzimmer. Ich muss wissen, was mit ihr ist. Hoffentlich kann mir Marvin irgendwie helfen.

Er hat ja auch schon mehrmals versucht, mit Alexandra zu sprechen. Aber sie weicht immer nur aus. Ehrlich gesagt, kann ich mir aber auch nicht vorstellen, dass es nur wegen der Abtreibung ist, von der Marvin bis heute nichts weiß. Ich muss kurz im Liegestuhl eingenickt sein. Mein Handy vibriert. Es ist Marvin. Zum Glück.

»Hey, Marvin! Danke, dass du anrufst. Du, hör mal ...« Weiter komme ich mit meinem Anliegen nicht. Zu aufgewühlt bin ich. Meine Tränen laufen einfach so über mein Gesicht und ich muss schluchzen. Über Tag hat sich offenbar zu viel angestaut. Marvin ist besorgt und fragt, ob ich mich mit Alexandra gestritten habe. Unter Tränen versuche ich ihm zu erzählen, was passiert ist. »Ich komm einfach nicht an sie ran!« Meine Stimme versagt und ich fühle mich so hilflos. Wer kann schon eine Lawine aufhalten, die ungehindert ins Tal rollt. Aber vor dem Unglück warnen kann man doch. Oder nicht? Marvin scheint genauso besorgt wie ich. Wir verbleiben so, dass ich Alexandra nicht aus den Augen lasse und trotzdem die Tage versuche, etwas aus ihr herauszubekommen.

»Danke, Marvin. Jetzt geht es mir ein kleines bisschen besser. Ich melde mich, wenn sich etwas ergibt. Bis dann!«

Inzwischen ist es fast 16 Uhr und ich werde jetzt erstmal nach Alexandra sehen. Vielleicht schläft sie ja immer noch. Als ich die Haustür aufschließe, kann ich ihre Stimme hören. Sie telefoniert. »Tickst du noch richtig? Vergiss es einfach! Für mich ist dieses Gespräch beendet. Tschüss!«

Sie öffnet die Tür vom Schlafzimmer und ich husche schnell in die Küche und brühe uns einen Tee auf.

»Hey! Geht es dir wieder besser?« Angespannt stehe ich vor ihr. »Ja, alles gut. Du sollst dir nicht immer so viele Sorgen um mich machen. Ich hab alles im Griff, ok?« Das scheint das Stichwort zu sein. Sie hat mit Sicherheit vieles im Griff, nur nicht ihre eigene Gesundheit. »Ich könnte etwas zu Essen vertragen, sollen wir noch mal los?« Mit großen Augen wartet sie auf meine Antwort. Sie ist total verändert. Kein bisschen mehr müde und abwesend. Ob sie etwas genommen hat, während ich hier unten im Garten war? Ich muss es rausfinden. Noch in diesen vier Tagen, selbst wenn ich den größten Krach mit Alexandra bekommen sollte. »Wie wäre es denn, wenn wir noch einkaufen gehen und ich koche uns etwas?«, schlage ich vor.

Ohne Widerrede willigt sie ein und wir fahren direkt zum großen Sky-Supermarkt auf der Insel. Wir bummeln durch die Gänge und greifen nach allem, was uns unter die Augen kommt. Gekocht werden Spaghetti. Einfach, aber lecker. Dazu nehmen wir noch einen Kopfsalat, frische Tomaten, Kräuter und ganz viel Schokolade. Ich liebe Schokolade! Aber noch viel mehr, liebe ich die süßen Köstlichkeiten aus dem Laden *Kleine Sünden Föhr*. Dort hat mich Alexandra mal hingeschleppt, wo es wahre Gaumenfreuden gibt. Vielleicht können wir morgen einen Abstecher dorthin machen.

Nachdem wir zum Schluss noch die Getränke ins Auto

geladen haben, fahren wir zurück zum Haus. Weil Alexandra ja heute eigentlich noch nichts gegessen hat oder besser gesagt, nichts bei sich behalten hat, beginne ich gleich mit dem Kochen.

Die Abendstimmung auf der Terrasse ist herrlich und wir genießen das laue Lüftchen nach dem leckeren Essen. Alexandra setzt das Weinglas an und schaut mir in die Augen. »Was denkst du, Emi?«

Wenn ich ihr das jetzt ehrlich sage, dann wars das, mit dem schönen Abend, daher entschließe ich mich, sie anzuflunkern. »Ich habe gerade an das *Kleine Sünden Föhr* gedacht. Können wir da morgen mal hin?«

»Sie beugt sich über den Tisch zu mir herüber und greift nach meiner Hand. »Natürlich können wir das. Wann willst du los?«

»Nach einem leckeren Frühstück mit Franzbrötchen, die du besorgst, ok?« Grinsend schaue ich sie an.

»Ok, abgemacht. Franzbrötchen zum Frühstück. Klingt toll!« Ich hasse mich. Ich hasse mich dafür, dass ich Alexandra anlüge. Aber ich muss ungestört im Haus sein, damit ich ihre Sachen durchsuchen kann. Allein schon bei dem Gedanken wird mir ganz anders. Aber das ist die einzige Chance, die wir haben - um zu überleben.

Mein Handy kündigt mir eine neue SMS an. Ich greife danach und folge dem Blick von Alexandra.

Anja:
Hey, wo steckst du denn? Könntest

du mal ein Lebenszeichen schicken?
Frau Cooper hat gemeint,
Frau Marquardt wäre auf Föhr!
Sag jetzt nicht, du bist auch
dort und ertränkst dich im Schampus?
Melde dich bitte mal.
Grüße von deiner Freundin 😊

Mist, Anja habe ich ganz vergessen. Ich hätte ihr noch absagen müssen. »Verrätst du mir, wer das war?« Alexandra legt ihren Kopf leicht zur Seite und schaut mich neugierig an. »Ach, das war nur Anja. Sie wollte wissen, wo ich bin. Nichts weiter.« Mit ihr jetzt über den verpatzten Claasen-Auftrag zu sprechen, halte ich für keine gute Idee.

Alexandra kommt um den Tisch gelaufen und setzt sich zu mir auf die Bank. »Du weißt, dass ich nicht möchte, dass Privates über mich erzählt wird. Kann ich mich auf dich verlassen, Emi?«

»Dass du das immer in Frage stellst!« Empört springe ich auf, werde aber von Alexandra am Gehen gehindert. »Sie ist eine meiner Mitarbeiterinnen und ich möchte nicht, dass du mal aus Versehen bei ihr etwas sagst, was nicht für sie bestimmt ist.«

»Sagst du mir denn alles?« Mit tränengefüllten Augen stehe ich vor ihr und weiß, dass ich das jetzt nicht hätte sagen dürfen.

»Vertraust du mir, Emi?«

»Kann ich das? Dir vertrauen?« Ohne eine Antwort geht sie ins Haus und lässt mich allein zurück.

Der Abend ist beendet und ich stehe vor dem schmutzigen Geschirr. Weil ich absolut keine Kraft mehr habe, entscheide ich mich, gleich ins Bett zu gehen. Weinend falle ich in den Schlaf und hoffe, dass ich alles nur geträumt habe.

Alexandra

Müde wache ich auf und stelle fest, dass Emilia nicht mehr vorbeigekommen ist. Normalerweise quatschen wir immer noch bis tief in die Nacht. Vielleicht war ich gestern wieder zu forsch zu ihr. Ich habe den Verdacht, dass ich immer mehr die Kontrolle über mich verliere. Schwerfällig stehe ich auf und laufe ans Fenster. Ich liebe es, durch die umliegenden Kastanienbäume hindurch einen kleinen Blick von der Nordsee einfangen zu können.

Wie versprochen mache ich mich auf den Weg zum Bäcker und kaufe dort die ersehnten Franzbrötchen und eine Flasche frische Milch. Mit dem gefüllten Korb gehe ich zurück zum Haus. Emilia scheint noch zu schlafen, zumindest ist sie nicht in der Küche. Sie ist sonst diejenige, die immer so liebevoll den Frühstückstisch deckt. Doch ich möchte sie nicht wecken, räume erst einmal leise das Geschirr vom Vorabend in die Spülmaschine, um mich danach mit einem starken Kaffee im Sessel auf der Terrasse zu stärken.

Meine Gedanken schweifen zu Marvin, der hoffentlich alles im Griff hat. Es ist eigentlich blöd so zu denken, da ich mich schon immer hundertprozentig auf ihn verlassen konnte. Genauso wie auf Emilia. Es zerreißt mir das Herz, dass ich sie so anlügen muss. Ich kann ihr nicht von den Tabletten erzählen. Sie würde durchdrehen und alles noch viel schlimmer machen. Ich kenn sie doch, meine Emi!

Ich vernehme leise Geräusche durch die offene Terrassentür, bis Emilia mit einem Tablett herauskommt.

»Guten Morgen, Süße«, begrüße ich sie und nehme sie in den Arm. »Es tut mir leid wegen gestern Abend. Ich weiß doch, dass ich dir vertrauen kann«, flüstere ich ihr leise ins Ohr.

»Du hast daran gedacht.« Ich folge ihren Augen, die auf den Brötchenkorb gerichtet sind. »Natürlich habe ich daran gedacht. Glaubst du ernsthaft ich vergesse dich, Emi?!« Ohne ein weiteres Wort greift sie in ihre Hosentasche und legt einen Zettel auf den Tisch. Bei näherem Hinsehen muss ich mit Entsetzen feststellen, dass es sich um eine Packungsbeilage handelt. Ich greife danach und falte das Papier auseinander. Mein Gesicht entgleitet und ich ringe um Fassung. »Woher hast du die?«, frage ich versteinert.

»Spielt das eine Rolle?« Ich ergreife ihre Arme und fange an sie zu schütteln. »Woher du diese Packungsbeilage hast, will ich wissen?!« Mit ängstlichem Blick schaue ich sie an, aber sie reagiert nicht. »Pack deine Sachen, wir fahren nach Hamburg zurück!«

»Du rennst jetzt nicht wieder weg! Du hörst mir jetzt endlich mal zu! Alexandra??« Ich laufe ins Badezimmer, um alles einzupacken und höre ihre Schreie immer dumpfer. Sie hat tatsächlich meine Sachen durchsucht. Sie hat es ausgenutzt, dass ich zum Bäcker bin. Den Plan hat sie vermutlich schon gestern Abend gehabt. Wenn sie die Packungsbeilage hat, dann wird sie auch die Tabletten an sich genommen haben. Scheiße!

Es gibt einen heftigen Schlag. Die Schlafzimmertür wird aufgestoßen und knallt gegen die Wand. Unter Tränen steht Emilia vor mir im Badezimmer. »Renn bitte nicht wieder weg! Rede endlich mit mir! Dazu sind Freunde doch da.« Wimmernd steht sie vor mir und ich muss meine Gefühle unterdrücken. Es schmerzt schrecklich, wenn ich sie so traurig sehe.

»Gib mir die Tabletten, Emi!«

Emilia läuft rückwärts und ich folge ihr langsam. Sie schüttelt immer wieder den Kopf. »Nein, die bekommst du nicht von mir. Niemals!«

»Emi, bitte! Du machst alles noch viel schlimmer, wenn du mir jetzt die Tabletten nicht gibst.« Ich versuche sie weiter rückwärts an die Wand laufen zu lassen. Sie stoppt und steht mit dem Rücken zur Wand. Ich strecke meine Hand zu ihr aus. »Komm schon, gib sie mir!«, versuche ich so ruhig wie möglich zu bleiben, obwohl ich innerlich platzen könnte. Sie steht weinend vor mir und schüttelt immerfort ihren Kopf. »NEIN! DIE BEKOMMST DU VON MIR NICHT MEHR! WEISST DU ÜBERHAUPT, WAS DAS FÜR EIN ZEUG IST? DAS SIND AUFPUTSCHMITTEL! DU BRINGST DICH UM!«

Schluchzend und völlig fertig rutscht sie mit dem Rücken die Wand hinunter. Ich ergreife ihre Arme und setze mich zu ihr in die Hocke. Sie breitet ihre Arme um mich aus und weint bitterlich. Ich hätte es nie soweit kommen lassen dürfen. Erst recht nicht, als Emilia in mein Leben getreten ist. Ich komme von dem Teufelszeug einfach nicht mehr los, zumindest nicht, wenn ich nicht endlich etwas in meinem Leben ändere. Vorsichtig greife ich ihr in die Hosentasche und hole den Blister mit den Tabletten heraus. In Sekundenschnelle richte ich mich auf und drücke zwei Tabletten heraus. Emilia reißt sich an mir hoch und schlägt sie mir aus der Hand. Geistesgegenwärtig will ich weitere Tabletten aus dem Blister drücken, aber sie schreit mich nur noch an. »HÖR AUF DAMIT!« Ihr Gesicht glüht und ich kann ihre Angst sehen. Diese Angst, die sie schon früher wegen ihrer Mutter erfahren hat.

Mit zitternden Knien schleppe ich mich mit letzter Kraft und dem Gepäck zum Auto. Ich lege meinen Kopf aufs Lenkrad und fange an zu weinen. Sie hätte das niemals mitbekommen dürfen. Kurz darauf öffnet sich die Beifahrertür und Emi setzt sich stillschweigend neben mich.

Die Überfahrt nach Dagebüll kommt mir endlos vor. Wir reden kein Wort miteinander. Das Einzige, was ich von ihr wahrnehme, ist ein leises Schluchzen. Ich versuche nach ihrer Hand zu greifen, die sie mir sofort entzieht.

Endlich auf der Autobahn angekommen, trete ich aufs Gas und beschleunige auf 220 Stundenkilometer. Der Verkehr wird immer dichter. Ich merke, wie sich Emilia am Sitz festhält. Mit hoher Geschwindigkeit wechsele ich auf die äußere Spur und beschleunige weiter. »Kannst du bitte langsamer fahren?!«, kommt es ängstlich aus ihr heraus. Da ich kurzzeitig abgelenkt bin, übersehe ich ein Fahrzeug auf der Mittelspur, das scharf auf meine Spur wechseln will. In letzter Sekunde gelingt es mir nur schwer, mein Auto noch in der Spur zu halten. Das ESP springt an und alle Leuchten im Bordcomputer werden rot. Emilia fängt an zu schreien und das elektronische Stabilitätsprogramm fängt das Fahrzeug soweit ab, damit wir nicht ins Schleudern geraten. Der Nebenmann fährt hauchdünn an uns vorbei und reiht sich wieder in seine Spur ein. Ich steuere das Fahrzeug mehr nach links, um Emilia zu schützen. Was mir passiert, ist mir in dem Moment endgültig egal. Die Geschwindigkeit wird automatisch von meinem Auto gedrosselt und ich wechsele auf die rechte Spur. Das beteiligte Auto und alle anderen fahren weiter. Um mich um Emi kümmern zu können, entscheide ich mich schnellstmöglich, von der Autobahn runter zu fahren. Sie hält sich die Hände vors Gesicht und weint.

»Emi, ich halt gleich an. Nur noch ein paar Minuten.« Ich lege meine Hand auf ihren Oberschenkel.

Endlich kann ich mein Auto zum Stehen bringen und schalte den Motor ab. Ich steige aus und öffne die Beifahrertür.

Ich löse vorsichtig ihren Gurt und nehme ihr die Hände vom Gesicht. »Emi, hast du Nasenbluten? Bist du irgendwo aufgeschlagen?« Ihr ganzer Körper ist am Zittern und ich bewege sie ganz langsam zum Aussteigen. Mit einer Flasche Wasser befeuchte ich ein Taschentuch und wische ganz sanft das Blut aus ihrem Gesicht. Einige Tropfen sind bereits auf ihr Oberteil gelangt. Ich lege ihr ein weiteres, nasses Taschentuch in den Nacken. »Leg mal bitte deinen Kopf zurück, du hast vielleicht ein Schleudertrauma durch das ESP erlitten. Soll ich dich zu einem Arzt bringen?«

»Mir ist schlecht. Ich muss mich übergeben.« Bevor ich überhaupt noch etwas tun kann, ist es bereits passiert. Ich halte ihre Haare zurück und versuche sie zu stützen. Sie ist schweißnass und zittert immer noch. Besorgt reiche ich ihr die Wasserflasche und sie trinkt zaghaft einen kleinen Schluck.

Ich wende mich kurz von ihr ab und krame meine Tasche durch. Zwei Tabletten entnehme ich schnell und heimlich aus der Packung und schlucke sie ohne Wasser. In der Hoffnung, dass die Wirkung zügig eintritt, steige ich mit Emilia wieder ins Auto. »Ich fahre jetzt langsam, Emi. Versprochen. Du brauchst keine Angst zu haben.«

Sie ist ganz blass und sagt kein Wort. Ich starte den Motor und fahre zur nächsten Autobahnauffahrt.

Emilia

Nach einer gefühlten Ewigkeit stehen wir endlich vor der Agentur in Hamburg. Die Fahrt war schrecklich und damit meine ich nicht nur den Zwischenfall auf der Autobahn, auch die Stille im Auto war unerträglich. Alexandra hat mich immer wieder von der Seite angeschaut. Ich bin so verzweifelt, weil ich einfach nicht weiß, was ich machen soll. Zusehen, wie sie sich kaputt macht? Mir steigen erneut Tränen in die Augen. Ich sammele meine Kraft und schaue Alexandra an, die in dem Moment ihren Blick geradeaus richtet. Mein Kinn zittert und ich schließe die Augen. »Ich kann im Moment nicht bei dir wohnen. Ich brauch etwas Zeit.« Ihr Blick ist weiterhin starr geradeaus. »Wo willst du denn hin?«, fragt sie besorgt.

»Vielleicht kann ich für ein paar Tage bei Anja unterkommen.«

»Nicht das, Emi. Bitte! Ich kann dir ein Hotelzimmer besorgen, aber bitte nicht zu ihr.« Verzweifelt sieht sie mich an. Ich kann jetzt nicht anders. Ich steige mit immer noch wackeligen Beinen aus und laufe ums Auto herum. Wir nehmen die steile Treppe zur Agentur hinauf und Alexandra folgt mir zum Fahrstuhl. Ich spüre ihre Anspannung. Sobald sie diese Räume betritt, läuft bei ihr ein Film ab. Sie übernimmt hier ausschließlich die Rolle der Unternehmerin und ich bin ganz weit weg für sie.

Auf dem Weg zu den Büros kommt uns Marvin entgegengelaufen. Sichtlich irritiert bleibt er vor uns stehen. »Hey, was macht ihr denn hier? Ich dachte, ihr seid auf Föhr! Habe ich etwas verpasst?« Alexandra geht ohne ein Wort an Marvin vorbei.

»Lass sie einfach in Ruhe, Marvin. Bitte! Es geht ihr nicht gut. Sie hat Stress.« Krampfhaft versuche ich ihn davon abzuhalten, Alexandra zur Rede zu stellen. »Ihr kommt früher als geplant von Föhr zurück, du erzählst mir, dass Alexandra Stress hat, aber ich darf nicht wissen, was vorgefallen ist? Langsam reicht's mir!« Marvin wendet sich von mir ab und will Alexandra folgen. Verzweifelt versuche ich ihn aufzuhalten, was gar nicht so leicht ist. Mit meiner ganzen Kraft kann ich Marvin letztendlich zum Stoppen bringen. »Ich schaue mir das schon viel zu lange an. Glaubst du ernsthaft, ich merke nicht, dass es Alexandra schlecht geht? Ich werde keine Rücksicht mehr darauf nehmen. Die Geschäfte darf ich während ihrer Abwesenheit führen, aber ich weiß nicht, was sich bei ihr abspielt!« Ich nicke vorsichtig und kann mich überhaupt nicht daran erinnern, Marvin schon jemals so aufgebracht erlebt zu haben. Voller Zorn läuft er durch das Vorzimmer und reißt die Tür zu Alexandras Büro auf. Frau Cooper schaut uns interessiert hinterher. Alexandra sitzt vor ihrem Computer und arbeitet bereits, als wäre nichts gewesen. Ob sie schon wieder etwas genommen hat? Sie sieht erschrocken auf und Marvin ist nicht mehr zu bremsen. Er greift ihren Arm und zieht sie unsanft hoch. »Du sagst mir

jetzt augenblicklich, was auf Föhr vorgefallen ist! Jetzt!«
Alexandra entzieht sich ihm und läuft zur Fensterfront.
Mit den Händen in den Hosentaschen richtet sie ihren
Blick auf mich. Mein ganzer Körper wird von einer Gän-
sehaut überzogen.

»Hast du ihm etwas gesagt?« Entsetzt sieht sie mich
an. Bevor ich mich dazu äußern kann, mischt sich Marvin
ein. »Was hätte sie mir sagen sollen?«

Ich schüttele nur in langsamen Bewegungen meinen
Kopf und kann meinen Blick nicht von ihr abwenden. Sie
glaubt wirklich, dass ich ihm davon erzählt habe. Warum
hat sie so wenig Vertrauen zu mir?

Genervt dreht Marvin sich auf dem Absatz rum und
läuft aus dem Büro. Alexandra hat ihren Blick wieder
aus dem Fenster gerichtet. Auf der Elbe fahren unzählige
Frachter vorbei. Es ist immer wieder ein fantastisches
Schauspiel.

Da ich einfach nicht anders kann, laufe ich zu ihr
und suche ihren Blick. Sie erwidert ihn und schaut mich
unter Tränen an. »Ich hole mir ein paar Sachen aus der
Wohnung. Du musst dir keine Sorgen machen. Ich melde
mich bei dir, ok?« Zaghaft greife ich nach ihrer Hand und
drücke sie fest an mich. Alexandra sagt kein Wort und ich
löse mich schweren Herzens von ihr.

Frau Cooper ist so in ihre Arbeit vertieft, dass ich
ihr nur rasch zuwinke und das Büro von Anja aufsuche.
Vorsichtig klopfe ich an und strecke meinen Kopf in den
Türspalt. Anja schaut in meine Richtung und wird sofort

stutzig. »Emilia? Ich denke, du bist auf Föhr? Sag nicht, du bist durchgebrannt!« Euphorisch schaut sie mich an.

»Nein, nein. Wir sind zusammen zurückgekommen. Könnte ich ein paar Tage bei dir wohnen?« Mit großen Augen schaue ich sie an und hoffe, dass sie nicht Näheres wissen will. »Bitte? Wie komme ich denn zu dieser Ehre?« Anja läuft auf mich zu und sieht mich mit runzelnder Stirn an. »Du weißt aber schon, dass ich eine ganz normale Wohnung mit zwei Zimmern besitze. Und ein Gästezimmer habe ich auch nicht. Nur so nebenbei erwähnt.« Sie merkt offenbar, dass mir nicht nach Witzen zumute ist und hakt nach. »Was ist passiert? Hast du dich mit Frau Marquardt gestritten?« Verunsichert presse ich meine Lippen aufeinander und schaue zum Fenster hinaus. »Ich kann darüber nicht reden. Frag bitte nicht, Anja.«

Widerwillig stellt sie ihre Fragerei ein und wir verabreden uns nach Feierabend bei ihr zuhause. Beruhigt nehme ich sie in den Arm und hoffe, dass ich in den nächsten Tagen meine Gedanken sortiert bekomme.

Alexandra

Die Tage, an denen Emilia in Hamburg ist, habe ich mir ganz anders vorgestellt. Sie hätte niemals von den Tabletten erfahren dürfen. Ich weiß nicht, wie ich das mit ihr geklärt bekomme. Meine Gedanken drehen sich im Kreis und für die anstehende Besprechung sollte ich noch einiges vorbereiten. Außerdem muss noch der verpatzte Claasen-Auftrag korrigiert werden. Genervt bitte ich Frau Cooper, Anja zu mir zu bestellen.

Keine fünf Minuten später klopft es an meiner Tür.

»Herein!«

»Frau Marquardt! Frau Bensheimer wäre jetzt hier«, verkündet Frau Cooper mit einem Lächeln im Gesicht. Meine Begeisterung hält sich in Grenzen. Gereizt bitte ich Anja, Platz zu nehmen.

»Ich hatte noch keine Gelegenheit mich dem unschönen Thema Claasen zu widmen. Wie konnte das passieren, Anja?«

Ich habe in der Zwischenzeit ebenfalls Platz genommen und rolle nervös den Kugelschreiber in meiner Hand. Anja versucht meinem Blick auszuweichen und sagt keinen Ton.

»Was verstehen Sie an meiner Frage nicht oder wie darf ich Ihre Ignoranz verstehen?«

Immer mehr gereizt, versuche ich mich unter Kontrolle

zu halten. Ich stehe auf und laufe, mit den Händen auf dem Rücken verschränkt, ein paar Schritte im Zimmer auf und ab. »Es tut mir wirklich leid, Frau Marquardt. Aber die Zeit, die Sie mir dafür eingeräumt haben, war viel zu kurz. Ich muss ja schließlich noch die Neue an die Hand nehmen. Alles kann ich auch nicht machen.« Verunsichert senkt Anja den Kopf und ich bin kurz vorm Explodieren.

»Ich bin davon ausgegangen, Sie haben das hier im Griff! Wollen Sie mir jetzt ernsthaft sagen, dass ich mich in Ihnen getäuscht habe?« Verbissen schaue ich sie an und erwarte eine Reaktion. Doch nichts passiert. Zornig werfe ich meinen Kugelschreiber auf den Schreibtisch und nehme wieder Platz. »Dieser verpatzte Auftrag hat mich 60.000 Euro gekostet, die Sie wieder einfahren werden!«

Bestürzt sieht mich Anja an und springt vom Stuhl auf. »Das ist nicht Ihr Ernst! Ich hab nicht so viel Geld!«

Um nicht noch mehr Zeit mit diesem unleidigen Thema zu verbringen, erhebe ich mich. »Sie sollen mir ja auch nicht das Geld bar geben. Ich habe Claasen um ein Gespräch gebeten, um die Fronten zu klären und um das Geschäft noch zu retten. Und Sie werden dieses Geschäftsessen wahrnehmen. Morgen, um 20 Uhr, im Seehof. Ziehen Sie sich dementsprechend an, vertreten Sie Maxfield! Zeigen Sie mir, dass ich mich nicht in Ihnen getäuscht habe. Das Ergebnis erwarte ich am Montag. Sie können jetzt gehen.«

Sprachlos verlässt Anja den Raum und ich greife nach

den Tabletten, die ich aus meiner Handtasche hervorhole. Schweratmend lasse ich mich auf den Stuhl fallen und schlucke mit einem Glas Wasser die Tabletten. In kürzester Zeit geht es mir wieder besser und ich suche Frau Cooper im Vorzimmer auf. Sie ist gerade dabei, ihre Pflanzen auf dem Schreibtisch zu gießen und lässt direkt davon ab, als sie mich entdeckt. Mit Blumen habe ich ja noch nicht wirklich viel am Hut gehabt. Meine Gedanken kreisen und ich muss in diesem Zusammenhang an die Veränderungen in meinem Büro denken. Emilia hatte ihren ersten Tag in der Agentur und ich bin von einem Außentermin zurückgekommen. Auf meinem Schreibtisch fand ich einen wunderschönen Strauß vor. Leider hat sich das schnell wieder eingestellt. Soweit ich informiert bin, hatten wir doch mal einen Blumenlieferanten. Vielleicht könnte man das wieder einführen. Aber jetzt habe ich ganz andere Probleme. In der Firma und vor allem mit Emilia. Von Marvin ganz zu schweigen. Als hätte er es vernommen, kommt er in dem Moment zur Tür herein.

»Hallo Alexandra, ich muss dich kurz sprechen. Können wir?« Mit erhärtendem Blick sieht mich Marvin an. Ich nicke nur und bitte ihn, mich in mein Büro zu begleiten. Er stellt sich ganz dicht vor mich. Besorgt sieht er mich an. »Ich möchte hier und jetzt wissen, was mit dir los ist. Was ist auf Föhr vorgefallen?«

Mein Kopf senkt sich, aber meine Augen bleiben auf ihn gerichtet. Sein Blick wird sanfter und trotzdem spüre ich, dass Marvin jetzt nicht mehr locker lassen wird. Ich habe keine Chance, einer Antwort zu entkommen. Meine Lippen presse ich fest aufeinander, bevor ich mich durchringe, ihm die Wahrheit zu sagen. Die ganze Wahrheit.

»Emilia hat die Tablettenpackung gefunden. Sie ist total ausgeflippt und dann sind wir nach Hamburg zurückgefahren. Unterwegs wäre mir dann fast einer ins Auto gekracht. Das ESP ist angesprungen und ...«. Marvin schaut mich entsetzt an. »Das ESP? Wie schnell bist du denn gefahren?«

»Ich weiß es nicht mehr. Vielleicht 200, vielleicht auch 230. Emilia muss durch das blöde Stabilitätsprogramm so einen Ruck abgekriegt haben, dass sie Nasenbluten bekommen hat. Ich bin dann von der Autobahn erst mal runter.« Ich schnaufe schwer aus, setze mich an den Schreibtisch und halte mir den Kopf. »Ich habe alles versucht, das Auto irgendwie in der Spur zu halten. Der andere Fahrer konnte ganz knapp an uns vorbeikommen und ist dann auf der Mittelspur weitergefahren. Ich hatte solche Angst um Emilia. Sie hat geschrien und die Beine angezogen. Es war furchtbar.« Marvin dreht sich zu mir um und setzt sich auf die Tischkante. »Und was nimmst du für Tabletten? Darfst du mit denen überhaupt Auto fahren?«

»Nichts Besonderes«, versuche ich Marvin von diesem Thema abzubringen. Leider gibt er nicht nach und ich muss mich ihm stellen. »Amphetamine.« Mehr sage ich nicht. Ich gehe zur Fensterfront und schaue auf die vorbeifahrenden Schiffe hinunter. Marvin stellt sich vor mich und sieht mich entsetzt an. »Du nimmst Aufputschmittel? Bist du verrückt geworden?« Bestürzt fährt sich Marvin mit der Hand durchs Gesicht. »Nicht schon schlimm genug, dass du dich damit zerstörst! Nein, du bringst auch noch Emilia in Gefahr! Kannst du dir überhaupt vorstellen, was los gewesen wäre, wenn es wirklich zu dem Unfall gekommen wäre und die Polizei eine Blutprobe von dir gefordert hätte?!«

Ich versuche meine Tränen zu unterdrücken und schaue die Fensterfront hinauf zum Himmel. Wenn Emilia etwas passiert wäre, würde ich jetzt nicht mehr hier stehen. Sie ist mein ganzes Glück. Und der Mann, der in diesem Moment neben mir steht, ist die größte Liebe meines Lebens. Ich drehe mich zu ihm um und schaue in sein besorgtes Gesicht. Die ganze Wahrheit kann ich ihm jetzt unmöglich sagen. Nicht jetzt. »Bitte nimm mich in deinen Arm. Bitte!« Ohne Widerrede umgreift Marvin meinen Körper und drückt mich ganz fest an sich. Er gibt mir die Luft zum Atmen und ich merke, wie sich mein Herzschlag beruhigt.

Emilia

Den ganzen Tag habe ich auf der Couch verbracht, weil ich nicht weiß, wohin mit mir und meinen Gedanken. Ständig muss ich an Alexandra denken. Ich hätte sie nicht alleine lassen sollen. Was ist, wenn sie jetzt erst recht Tabletten schluckt? Vielleicht zu viele, wie sie es schon mal gemacht hat. Marvin hatte sie noch in letzter Sekunde gefunden. Gedankenversunken suche ich die Uhrzeit auf meinem Handy. Es ist kurz vor halb sechs. Eigentlich müsste Anja gleich nach Hause kommen. Inzwischen sind drei Tage vergangen, seit ich bei Anja eingezogen bin. Ihre Wohnung gefällt mir sehr, auch wenn sie mit dem Penthouse von Alexandra so gar nichts gemeinsam hat. Anja hat einen ganz eigenwilligen Stil. Irgendwie sieht es zusammengewürfelt aus, aber das spiegelt ihren Charakter wider. Sie wirkt manchmal auch etwas kopflos. Den kuscheligen Zottelteppich unterm Wohnzimmertisch, in dem ich meine Füße verstecken kann, finde ich besonders schön. Die Farbe erinnert mich an Föhr. So blau wie die Nordsee. Ich erschrecke, als in dem Moment die Tür aufgeschlossen wird und Anja hereingestürmt kommt. Sie sieht aus, als wolle sie gleich jemanden umbringen. Schnaubend wirft sie ihre Tasche auf die Couch, setzt sich neben mich und lässt sich nach hinten in die Kissen fallen.

»Was ist denn mit dir los?«, versuche ich vorsichtig

etwas zu erfahren. Sie holt tief Luft und setzt sich wieder auf.

»Also deine Frau Marquardt, die geht mir jetzt echt auf den Wecker! Die hat sie doch nicht mehr alle!«

Wutentbrannt läuft Anja in die Küche, holt eine Flasche Wasser aus dem Kühlschrank und kippt sich die gesamte Flüssigkeit hinunter. Unruhig stelle ich mich vor sie und schließe erst mal den Kühlschrank, um dann Näheres zu erfahren. »Was ist denn passiert?«

Anja wischt sich mit dem Handrücken den Mund ab und läuft in großen Schritten zum Wohnzimmer zurück. Wenn sie mal stehen bleiben würde, wäre es einfacher. Sie stemmt ihre Hände in die Hüften und schnauft unüberhörbar aus. »Sie will, dass ich das Claasen-Thema wieder gerade biege. Und jetzt halt dich fest! Sie hat Herrn Claasen um ein Gespräch gebeten. Morgen um 20 Uhr im Seehof. Aber nicht sie wird zu diesem Geschäftsessen gehen, sondern ich soll das übernehmen. Ich dachte, du wolltest mit ihr über Claasen sprechen?! Du bist mir ja eine tolle Freundin!«

Jetzt muss ich erst mal schlucken und setze mich auf die Couch. Anja verschränkt die Arme und schaut seitlich zum Fenster hinaus.

»Es tut mir leid, Anja! Aber ich hatte noch keine Möglichkeit mit Alexandra darüber zu sprechen. Es ist im Moment etwas schwierig«, gebe ich beschämt zu.

»Man könnte meinen, die schluckt was, so wie die immer unterwegs ist. Das ist doch nicht normal!«

Wie versteinert schaue ich Anja an. Ich muss Alexandra schützen. Irgendetwas muss ich unternehmen. Hierbei kann mir aber nur Marvin helfen.

Meine Gedanken fahren Achterbahn und ich wälze mich die ganze Nacht hin und her. Da Anja kein Gästezimmer hat, habe ich es mir auf der Couch bequem gemacht. Immerfort überlege ich, ob ich Alexandra nicht wenigstens eine SMS schicken soll. Weil mir das Gespräch mit Anja keine Ruhe lässt, suche ich auf dem Wohnzimmertisch nach meinem Handy. Das Display leuchtet auf und ich scrollte durch, bis ich Alexandras Nummer sehe.

> Alexandra, du fehlst mir.
> Bitte melde dich doch mal bei mir.
> LG Emilia

Es ist jetzt halb zwölf, eigentlich müsste sie noch wach sein und meine Nachricht sehen. Vielleicht. Müde lege ich mich zurück und schließe die Augen. Alles ist still um mich herum und ich schlafe ein.

Blitzartig schrecke ich auf, weil ich ein Geräusch vernommen habe. Was war das? Es ist mitten in der Nacht. Verschlafen taste ich nach meinem Handy. Halb zwei. Und eine Nachricht von Alexandra! Wie elektrisiert setze ich mich auf.

Alexandra:
Du bist und bleibst mein Herz,

aber du alleine musst entscheiden, ob du
es mit mir aushältst.
LG Alexandra

Verunsichert schaue ich auf das Display, bis es langsam er-
lischt. Ich schaue in die Dunkelheit und überlege krampfhaft, was ich ihr zurückschreibe.

> Mit dir an meiner Seite, halte ich alles aus.
> Aber nur, wenn du auf dich aufpasst.
> Versprichst du mir das?

Voller Anspannung warte ich auf eine Rückantwort von ihr,
aber es passiert nichts. Keine Nachricht von Alexandra, kein
Anruf, nichts. Verdammt noch mal, antworte mir gefälligst.
Ich fange an, das Handy zu schütteln, vor Verzweiflung, die
SMS könnte irgendwo hängen geblieben sein.

> Alexandra?

Ich hasse diese Warterei. Warum reagiert sie denn jetzt
wieder nicht? Liegt es an meiner Nachricht oder hat sie
sie noch gar nicht gelesen? Und wieder kreisen meine Gedanken ins Unendliche.

> Alexandra? Jetzt antworte mir doch bitte!!!!
> Ich hasse diese Ungewissheit!!

Nichts. Null. Am liebsten würde ich losfahren und sie aufsuchen. Womöglich ist sie noch in der Agentur. Das wäre ja nicht das erste Mal, dass sie um diese Zeit arbeitet.

Ärgerlich lege ich das Handy auf den Tisch und laufe zum Fenster. Es ist eine herrliche, lauwarme Nacht. Viel zu schade, um sie zu verschlafen. Kurzentschlossen entscheide ich mich doch noch zur Agentur zu fahren. Anja schläft tief und fest. Hoffentlich macht es ihr nichts aus, dass ich mir kurz ihr Auto leihe.

Nach 15 Minuten stehe ich vor der Agentur und tatsächlich brennt noch Licht in Alexandras Büro. Wir haben inzwischen halb drei! Ich parke neben ihrem Auto und stelle den Motor ab. Müde steige ich aus und lehne mich an die Tür. Es ist ruhig auf den Straßen und die Sommerluft tut einfach gut. Ich schließe die Augen und fühle mich irgendwie erleichtert, in der Nähe von Alexandra zu sein. Da ich nicht möchte, dass sie mich hier sieht, entschließe ich mich, wieder zu fahren. Während ich vom Hof fahre, halte ich den Blick immerfort nach hinten und wieder kommt die Erinnerung an die schlimme Rückfahrt von Föhr hoch.

Zurück in Anjas Wohnung, lege ich mich wieder hin und versuche in den Schlaf zu finden. Eine Nachricht habe ich nicht mehr erhalten. Mit diesen Gedanken bin ich irgendwann endlich eingeschlafen.

Es ist Samstag und eigentlich ein Tag zum Ausschlafen und Entspannen. Leider ist es damit ganz schnell vorbei, als Anja im Wohnzimmer auftaucht und sich neben mich setzt. Noch ganz rammdösig von der Nacht, setze ich mich auf und schaue sie gespannt an. »Guten Morgen! Du siehst aber kaputt aus. War die Nacht so schlecht auf meinem Schlafsofa? Bisher gab's noch keine Beschwerden, wenn bei mir mal jemand übernachtet hat.«

»Nein, an der Couch liegt es nicht. Ich musste die ganze Nacht an Alexandra denken und dann bin ich noch mal zur Agentur gefahren. Mit deinem Auto. Ich hoffe, du bist mir nicht böse, dass ich es mir einfach so ausgeliehen habe.« Verunsichert schaue ich Anja an. »Schon gut. Hast du sie wenigstens angetroffen?«

Ich reibe mir die Augen und setze mich an die Kante der Couch. »Ja, in ihrem Büro brannte noch Licht, aber ich bin nicht zu ihr gegangen. Es war schon halb drei und ich war so müde«, versuche ich Anja die Situation zu erklären.

Anja schüttelt den Kopf und kann es offenbar auch nicht nachvollziehen, dass Alexandra noch so spät arbeitet. »Ich sag's dir. Die schmeißt sich was ein. Das hält doch kein Mensch aus.«

Bestürzt springe ich auf und stelle mich mitten in den Raum. »Hör auf über Alexandra so zu reden! Du hast kein Recht dazu!«, versuche ich die Situation zu entschärfen.

»Warum seid ihr eigentlich früher von Föhr zurückgekommen? Du hast bis heute nichts darüber erzählt! Tolle Freundin!« Anja ist wütend auf mich, was ich durchaus nachvollziehen kann, aber ich werde und darf nicht über das Problem von Alexandra reden. Das würde unsere Freundschaft zerstören. »Wenn du mir schon nicht deine

Geheimnisse mit Frau Marquardt anvertraust, dann finde ich, dass du mir zumindest einen Gefallen schuldig bist. Schon deswegen, weil ich dich bei mir wohnen lasse.«

Gespannt schaue ich sie an. »Ja, klar. Was soll ich machen?«

»Du wirst heute Abend im Seehof das Geschäftsessen mit Claasen für mich übernehmen.«

Über ihre Bitte entsetzt, schaue ich sie an. »Spinnst du! Das kann ich unmöglich machen!«, antworte ich geschwind. Ich kann ja verstehen, wenn sie Hemmungen vor diesem Abend hat, aber ich kann unmöglich mit diesem wichtigen Geschäftspartner von Alexandra essen gehen. Und noch dazu, dieses vermasselte Geschäft wieder in die richtigen Bahnen lenken.

»Dieses Essen wird heute Abend definitiv ohne mich stattfinden. Ich kann Claasen sowieso nicht überzeugen. Welche Argumente soll ich denn bitte vorbringen? Frau Marquardt hat mir keinerlei Tipps an die Hand gegeben!« Zerknirscht steht Anja vor mir und sagt kein Wort mehr.

Wenn sie jetzt wirklich ernst macht und nicht bei diesem Termin erscheint, dann wird Claasen letztendlich doch noch abspringen und der Auftrag kommt nicht zustande. Sie weiß ganz genau, dass ich Alexandra nie hängen lassen würde. Anja, du bist echt eine blöde Kuh und ich überlege mir gerade ernsthaft, ob ich mit dir weiter befreundet bleiben will. Aber nun muss ich schauen, wie ich das heute Abend angepackt bekomme. Genervt sehe ich sie an und ziehe einen Schmollmund. »Ok, ich mach's, aber nur

Alexandra zuliebe. Sie darf auf keinen Fall erfahren, dass ich an deiner Stelle zu dem Treffen gehe. Ich werde unter deinem Namen auftreten. Ist das klar?!«

Völlig gelöst springt mir Anja um den Hals. Um überhaupt eine Chance zu haben, bitte ich sie darum, mich wenigstens in die letzten Geschehnisse genaustens einzuweihen. Vielleicht kann ich aus den letzten Vorlesungen etwas mitnehmen. Professor Brack hat doch erst vor vier Wochen in der Uni über den Latexdruck referiert.

Der Digitale Latexdruck gehört zu den neuen Drucktechniken, die maßgeblich vom amerikanischen Hersteller HP entwickelt und etabliert wurden. HP entwickelte bereits im Jahre 2008 einen Laserdrucker und brachte ein solches Gerät als erster Hersteller auf den Markt. Neben HP bietet nur noch Mimaki Latexdrucker für XXL Drucke an. Die Drucktechnik ist besonders flexibel und umweltfreundlich. Sie wurde für Druckereien entwickelt, die sich überwiegend auf die Herstellung von Werbeplanen spezialisieren. Passend zur Drucktechnik hat HP spezielle Farben auf den Markt gebracht, die auf die neue Drucktechnik abgestimmt sind.

Herrn Claasen dürfte dies bestimmt beeindrucken. Er besitzt unzählige Tennisplätze und könnte damit seine Tennisblenden bedrucken lassen. Das muss einfach klappen.

Von meinen Ausführungen begeistert, läuft Anja in die Küche. Kurze Zeit später kommt sie mit zwei Sektgläsern zurück und reicht mir eines davon. »Ich finde, das hört sich mehr als gut an. Du wirst das Ding schon rocken und den Sieg einfahren. Bist halt ganz Frau Marquardt.« Grinsend steht sie vor mir und lässt die Gläser klirren.

Den ganzen Tag über bin ich alle Einzelheiten durchgegangen. Was ist, wenn Herr Claasen Fragen an mich hat, die ich ihm nicht beantworten kann. Vielleicht will er sich auch gar nicht mit mir unterhalten, weil er Alexandra erwartet? Es könnte ja auch sein, dass sie im Restaurant auftaucht, um sich zu vergewissern, wie sich Anja durchschlägt! Daran habe ich ja noch gar nicht gedacht. Vorsichtshalber rufe ich Marvin an. Vielleicht hat er die Möglichkeit, sich mit Alexandra zu verabreden, so dass sie keine Zeit hat, dort aufzukreuzen.

Auch nach mehrmaligen Klingeln nimmt er nicht ab. Mist! Da es bereits halb acht ist und ich keine Zeit mehr habe, bestelle ich mir ein Taxi.

Nach einer kurzen Autofahrt steige ich mit wackeligen Knien und den Unterlagen, die mir Anja mitgegeben hat, aus dem Auto und stehe vor dem Restaurant Seehof. O, mein Gott, was mache ich hier bloß? Alexandra, bitte sei mir nicht böse! Bitte. Ich mach das nur für dich.

Immer wieder rede ich in Gedanken mit ihr und hoffe insgeheim, dass ich das Richtige tue. Ich schlucke schwer und atme nochmal tief durch. Alle Angst versuche ich abzuschütteln und Alexandra so gut es geht zu vertreten. Wenn das überhaupt möglich ist. Es ist acht Uhr und ich steige ein paar Treppen zum Eingang hinauf. Bereits dort kommt mir ein dunkelgekleideter Herr entgegen und fragt, ob ich einen Tisch reserviert habe.

»Mein Name ist Maier, äh, Bensheimer. Anja Bensheimer. Es müsste ein Tisch für acht Uhr von der Agentur Maxfield reserviert sein.« Meine Stimme zittert und ich würde am liebsten wieder kehrt machen. Doch dafür ist es jetzt leider zu spät. Der Herr im schwarzen Anzug begleitet mich an den Tisch und ich kann schon von weitem Herrn Claasen erkennen. Zu genau war die Beschreibung von Anja. Mir rutscht gleich das Herz in die Hose. Aufgeregt zupfe ich an meinem kurzen Rock. Natürlich habe ich heute auf meine geliebte Ringelstrumpfhose verzichtet. Damit hatte ich damals Alexandra bei unserem ersten Zusammentreffen aus der Fassung gebracht. Kurz muss ich lächeln, bis sich Herr Claasen von seinem Stuhl erhebt. Zum Glück habe ich auch heute meine hohen Pumps angezogen, die ich von Alexandra zum Geburtstag geschenkt bekommen habe. Vermutlich schweineteuer, aber ich liebe sie. Die Schuhe und auch Alexandra. Nur für sie tue ich mir das heute Abend an.

Ich blicke in die Augen von Herrn Claasen. Er sieht etwas verbissen aus. Mit Sicherheit hat er keine Ahnung, dass er mit mir heute Vorlieb nehmen muss. »Frau Bensheimer, ich grüße Sie. Frau Marquardt hat mir bereits gesagt, dass ich heute mit Ihnen das Gespräch führen werde. Leider hat unser letzter Termin ja nicht stattgefunden. Eine unschöne Angelegenheit. Aber bitte, nehmen Sie doch Platz!«

Das kann ja heiter werden. Schon seine einleitenden Sätze machen mir Angst. Der Kellner im schwarzen

Anzug rückt mir meinen Stuhl zurecht. Schnell fühle ich mich überfordert. Mit der Situation und auch mit diesem Restaurant. Ich hasse solche steifen Gespräche. Wie hält Alexandra das nur aus? Ob sie vor solchen Geschäftsessen auch etwas einnimmt? Ich merke, wie mir schlecht wird und ich dringend die Toilette aufsuchen muss. »Entschuldigen Sie mich bitte, Herr Claasen! Ich bin sofort wieder bei Ihnen.«

Herr Claasen erhebt sich und nickt zustimmend. Er hat noch die Vorzüge der alten Schule. Ist mir bisher auch noch nicht passiert, dass ein Mann aufsteht, wenn ich meinen Platz verlasse.

Hastig laufe ich zum Ausgang und suche nach dem Toilettenschild. Mit Schrecken sehe ich Marvin auf dem Gang und versuche mich hinter dem Garderobenschrank zu verstecken. Scheiße, scheiße, scheiße! Wenn jetzt auch noch Alexandra aufkreuzt, bin ich geliefert! Was soll ich denn jetzt bloß machen?! Plötzlich taucht eine Frau hinter Marvin auf. Nein, bitte lass es nicht Alexandra sein! Lieber Gott, bitte nicht! Betend und voller Panik stehe ich vom Schrank verdeckt auf dem Gang, als auf einmal der Kellner vor mir steht und mich verwundert anschaut. »Kann ich Ihnen irgendwie behilflich sein, Frau Bensheimer?«

Ich schüttele hastig den Kopf und winke ihn weiter. Vorsichtig versuche ich am Garderobenschrank vorbeizuschauen. Der Herr im schwarzen Anzug ist wieder aufgetaucht, um Marvin seiner Begleitung die Jacke abzunehmen. Ich muss irgendwie Marvin auf die Seite ziehen.

Endlich kann ich sehen, dass es sich nicht um Alexandra handelt. In dem Moment fallen zentnerweise Steine von mir ab und ich schnaufe mit dicken Backen erst mal aus. Herr Claasen wird sich schon wundern, wo ich bleibe. Als Marvin auf der Höhe von der Garderobe ist, springe ich ihm in den Weg und versuche ihn zur Seite zu ziehen.

»Emilia! Was machst du denn hier? Ist Alexandra auch da?«

»Nein, ich habe ein Problem.« Da ich das nicht vor dieser Frau klären möchte, bitte ich Marvin um ein Gespräch unter vier Augen. Er fordert seine Begleitung auf, mit der Bedienung an den Tisch zu gehen und steht neugierig vor mir.

»Herr Claasen ist da drin und dieses wichtige Geschäftsessen findet heute statt«, versuche ich Marvin so ruhig wie möglich zu erklären.

»Ja, ich weiß, dass dieses Treffen heute stattfindet. Ich kannte nur bis dato den Ort nicht. Alexandra hat Frau Bensheimer ins kalte Wasser geschmissen und hofft, dass sie ihren Fehler wieder gutmacht.« Nichtsahnend steht Marvin vor mir und weicht immer wieder neuen Gästen aus, die sich an uns vorbei winden. Ich zupfe an seinem Jacketärmel und bitte ihn, sich zu mir runter zu beugen. Er ist megagroß oder ich megaklein. Wie man es eben sieht. »Das ist genau das Problem. Ich bin Frau Bensheimer. Verstehst du?«

Marvin runzelt die Stirn.

»Anja wollte unter keinen Umständen zu diesem

Treffen, da sie Angst hat, Alexandra zu enttäuschen, wenn der Deal nicht zustande kommt. Du, ich und auch Alexandra wissen doch, dass solche Termine nichts für Anja sind.« Ich versuche, so leise wie möglich zu sprechen.

Marvin bleibt der Mund offenstehen und er sieht mich eindringlich an. »Du willst mir jetzt erzählen, dass du unter dem Namen von Frau Bensheimer dieses Geschäftsessen wahrnimmst?! Einer der wichtigsten Kunden von Maxfield? Seid ihr übergeschnappt?! Das ist doch keine Spielwiese, wo man mal austestet, wie weit man seine Grenzen ausleben kann! Soweit ich weiß, warst du kein einziges Mal mit Alexandra auf einem Geschäftsessen, damit du überhaupt annähernd weißt, was dich erwartet! Berichtige mich bitte, wenn ich falsch liegen sollte.« Ich richte meinen Blick auf meine Schuhe und schüttele vorsichtig den Kopf.

»Was bist du denn jetzt so sauer auf mich, ich versuche doch nur Alexandra zu helfen!«

Marvin schnaubt vor Wut und wendet immer wieder seinen Blick von mir ab. »Du hilfst Alexandra damit nicht. Ich hätte die Bensheimer einfach machen lassen. Und wenn sie es verbockt, dann muss sie dafür geradestehen. Was willst du denn Claasen überhaupt verkaufen?«, fragt er neugierig.

»Ich wollte ihn über den digitalen Latexdruck informieren.«

Marvin zieht die Augenbrauen nach oben und sieht mich entgeistert an. »Du weißt aber schon, dass Alexandra bisher keinen Latexdruck hat produzieren lassen. Dafür muss erst mal solch ein Laserdrucker angeschafft werden. Maxfield hat auf diesem Gebiet überhaupt keine Erfahrungswerte.«

Weil ich langsam sauer werde, da Marvin mir alles schlecht redet, reagiere ich empfindlich. »Dann wird Maxfield eben jetzt Erfahrung damit machen. Basta!« Mit verschränkten Armen stehe ich vor ihm und fühle mich jetzt stark genug, um die Verhandlungen mit Claasen anzugehen.

Marvin lächelt süffisant. »Ich hoffe sehr für dich, dass Alexandra eure Freundschaft in den Vordergrund stellt, ansonsten könnte es sein, dass sie explodiert. Vor allem aber, wenn ihr dieses Millionengeschäft mit dem Latexdruck durch die Lappen gehen sollte, das *du* anleiern wirst. Ich drück dir die Daumen, Emilia!«

Mein Blick auf die Uhr verrät mir, dass ich Herrn Claasen bereits seit einer viertel Stunde warten lasse. Hektisch laufe ich zum Tisch zurück und er springt wieder von seinem Stuhl auf. »Frau Bensheimer, ich habe mir schon Sorgen gemacht. Ist alles in Ordnung mit Ihnen?«

Aufgeregt wie ich bin, blase ich mir Luft zur Stirn und nicke ihm anerkennend zu. Suchend halte ich Ausschau nach Marvin, ob er vielleicht zufällig in der Nähe sitzt. Leider nicht. Vielleicht aber auch besser so. Ich versuche mich auf die Speisekarte zu konzentrieren, als mir zu meinem Entsetzen einfällt, dass ich überhaupt nicht genug Geld eingesteckt habe. Ich schließe die Augen und versuche Ruhe zu bewahren. Alexandra lässt ihre Geschäftsessen immer auf die Rechnung schreiben. Soviel weiß ich. Vielleicht kann ich das ja auch machen. Ansonsten muss mir Marvin aushelfen.

Nachdem wir gegessen und mit einem Glas Spätburgunder Edition aus der Winzergenossenschaft von Kallstadt angestoßen haben, wird mein Herzschlag etwas ruhiger. Alexandras absoluter Lieblingswein, das habe ich mir gemerkt. Ich vermisse sie und hätte sie jetzt so gerne an meiner Seite.

Inzwischen ist es kurz vor zehn und ich habe Herrn Claasen über die wichtigsten Details zum digitalen Latexdruck unterrichtet. Er scheint interessiert zu sein.

»Und Sie meinen wirklich, dass das eine gute Alternative zum herkömmlichen Druck für meine Tennisanlagen wäre?«

Ich nicke selbstsicher und hoffe, dass er endlich anbeißt. »Sie wissen hoffentlich über das Ausmaß meiner Grundstücke Bescheid?! Wir reden hier über eine beachtliche Summe. Acht Millionen stehen im Raum! Ich habe nicht nur in Deutschland Tennisplätze, sondern bin auf fast allen Kontinenten vertreten.«

Ich schlucke, als ich die Summe höre und rutsche unruhig auf meinem Stuhl hin und her in der Hoffnung, dass das jetzt endlich ein Ende findet.

»Sie sehen mich interessiert, Frau Bensheimer. Wie schnell können Sie liefern?«

Ach du scheiße! Will der jetzt von mir einen festen

Termin zugesagt bekommen? Vielleicht sollte ich noch mal zur Toilette, um Marvin abgreifen zu können. Herr Claasen schaut mich streng an. Ich hasse so einen Unternehmerblick. So ein Gesicht zieht Alexandra auch, wenn ihr etwas nicht passt. »Frau Bensheimer, ich höre!«

»Das müsste ich erst noch mit Frau Marquardt besprechen«, räuspere ich mich und hoffe, ihn damit erst einmal zufrieden zu stellen. Er faltet seine Serviette zusammen und legt sie auf den Tisch. »Frau Bensheimer, ich glaube Sie verstehen mich nicht richtig. Ich möchte hier und jetzt eine definitive Zusage, bis wann Sie liefern können. Halbe Sachen mag ich ganz und gar nicht. Ich habe weder Zeit noch Lust, dieses Thema weiter zu verfolgen. Entweder sagen Sie mir jetzt einen Termin oder das Geschäft kommt nicht zustande.« Mir bleibt der Mund offenstehen und ich bekomme feuchte Hände. Marvin hat vorhin gesagt, dass die Druckmaschine erst angeschafft werden muss. Ich habe keine Ahnung, wie lange das dauert und vor allem, wie viel so ein Ding kostet! Alexandra reißt mir den Kopf ab! Ich suche verzweifelt nach einer Antwort und lasse meinen Blick durch den Raum schweifen.

»Also?!«, versucht Herr Claasen mich nochmal zu einer Antwort zu nötigen.

»In sechs Monaten?«, kommt es unsicher aus mir heraus. Ich senke vorsichtig den Kopf und rutsche etwas weiter in den Sitz.

»Das ist mir entschieden zu lange. So kommen wir nicht ins Geschäft. Tut mir leid!« Zu meinem Entsetzen erhebt er sich vom Stuhl und ich springe auf, um ihn am Gehen zu hindern. »Bis wann brauchen Sie denn die fertigen Drucke?«

»Frau Bensheimer, Sie verstehen mich nicht. Es geht nicht darum, wann ich die Drucke brauche, es geht darum, wann Sie liefern können. Die Tennisblenden auf meinen Plätzen kommen auch noch mit den alten Drucken aus. So ist es nicht. Ich möchte einfach eine größere Summe investieren. Und mit Frau Marquardt stehe ich seit sehr vielen Jahren in guter Geschäftsverbindung.«

Vor lauter Angst, diesen Auftrag jetzt nicht zu bekommen, halte ich Herrn Claasen am Arm fest.

»Ich mache Ihnen einen Vorschlag. Wir liefern in spätestens 4 Monaten und Sie werden für Ihr Jubiläum im nächsten Jahr alle Werbemaßnahmen von Maxfield produzieren lassen. Soweit mir bekannt ist, sind Sie auch bei einer anderen Agentur unter Vertrag. Steigen Sie ganz bei Maxfield ein! Sie sagten ja bereits, dass Sie mit Frau Marquardt seit vielen Jahren in sehr guter Geschäftsverbindung stehen. Da wäre es doch nur fair, wenn Sie unserem Haus ganz die Treue halten würden.« Erstaunt über mich selbst, hoffe ich, dass er jetzt endlich einwilligt.

»In *guter* Geschäftsverbindung. Von *sehr gut* habe ich nicht gesprochen, Frau Bensheimer.«

Er legt wirklich jedes Wort auf die Goldwaage. Ich verzweifele gleich. »Dann werden wir jetzt alles Unmögliche möglich machen. Geht nicht, gibt's nicht! Sie können sich auf die Agentur Maxfield verlassen!«

»So gefällt mir das, Frau Bensheimer. Genau das

möchte ich hören. Sie haben den Zuschlag, für die Tennisblenden und auch für den Auftrag, das Jubiläum auszurichten. Aber über den Preis müssen wir noch mal sprechen. Sie hören von mir. Oder Frau Marquardt. Schönen Abend noch.« Er reicht mir die Hand und verlässt in großen Schritten das Restaurant.

Jetzt erst merke ich, was ich für einen Schwachsinn geredet habe. Geht nicht, gibt's nicht? Und um wieviel geht es denn überhaupt bei diesem Jubiläum? Hoffentlich geht das gut.

Siedeheiß fällt mir die Bezahlung des Essens ein. Ich winke den Kellner zu mir an den Tisch. »Entschuldigung, können Sie das bitte auf die Rechnung der Agentur Maxfield schreiben?« Der Ober nickt und rückt mir beim Aufstehen den Stuhl nach hinten.

Erleichtert, aber völlig erledigt lege ich mir meine Jacke über den Arm und rufe mir ein Taxi. Langsam fange ich an, Alexandra zu verstehen. Ich bin durch und will nur noch ins Bett.

Ich schaffe es nur in Anjas Flur, dann steht sie mir schon ganz aufgeregt vor den Füßen. »Sag mal, was hat denn jetzt so lange gedauert? Warst du bis eben im Seehof? Erzähl!«

»Ja, war ich. Maxfield hat das Geschäft. Und den Zuschlag für die Werbemaßnahmen für das anstehende Jubiläum auch. Kannst dich freuen«, kommt es erschöpft aus mir heraus. Anja ist außer sich und hüpft um mich herum. Schnell holt sie zwei Gläser mit Sekt herbei und will mit mir anstoßen. Völlig fertig reagiere ich schroff:

»Ich will jetzt nichts mehr trinken, Anja! Ich bin müde und leg mich hin.«

»Jetzt sei doch kein Spielverderber!« Mürrisch verzieht Anja ihr Gesicht.

»Ach so, bevor ich es vergesse. Marvin hat den Rollentausch mitbekommen. Er war auch im Seehof. Er wird dichthalten. Über die Einzelheiten zum Claasen-Auftrag berichte ich dir dann morgen. Schlaf gut!«

Ich schalte das Licht im Wohnzimmer aus und lege mich auf die bereits ausgezogene Schlafcouch. Ich bin völlig am Ende und kann nicht glauben, was ich heute Abend erlebt habe. Ein Millionengeschäft konnte ich abschließen und Alexandra wird toben, wenn sie erfährt, wann der Auftrag fertiggestellt sein muss und vor allem, dass ich mit Claasen essen war und nicht Anja. Ob ich sie doch anrufen soll? Schweren Herzens entscheide ich mich dagegen und wälze mich hin und her.

Alexandra

Ich bin schon früher als gewöhnlich in die Agentur gefahren, um vor meinen ersten Terminen die Korrespondenz vom Freitag zu unterschreiben. Auch heute merke ich, dass ich ohne Tabletten die Kraft nicht aufbringen kann, die ich für den straffen Tagesablauf so dringend benötige. Meine Gedanken werden durch das Vibrieren meines Handys unterbrochen.

Emilia:
Ich muss dringend mir dir sprechen!
Kann ich im Büro vorbeikommen?
LG Emi

Um was geht es denn?

Emilia:
Nicht am Handy. Es ist wirklich
wichtig und ganz dringend!!

Ich überfliege die Termine von heute und eine Besprechung reiht sich an die nächste. Mit Marvin muss ich auch noch dringend über die neuen Räumlichkeiten für weitere Druckmaschinen sprechen, sonst läuft die Angebotsfrist des Maklers ab.

Reicht es auch noch,
wenn wir uns heute Abend treffen?
Ich bin heute sehr eng getaktet.
LG Alexandra

Emilia:
Nein, das ist zu spät!!!!
Ich muss dich jetzt sprechen!!
BITTE!!

Dann komm einfach vorbei und melde
dich bei Frau Cooper, ok?

Emilia:
Super, danke! Bin gleich da.

Was sie nur hat? Hoffentlich ist nicht ihr Exfreund Tom wieder aufgetaucht. Den konnte die Polizei bis heute nicht auffinden, nachdem er vor zwei Jahren den Autoschlüssel von meinem Audi Emilia geklaut hat und ihn dann mit gefälschten Papieren ins Ausland verschifft haben soll. Ein unangenehmer Typ. Mein Gedankenkarussell stoppt, als mein Festnetz sich meldet. »Frau Cooper, was gibt es denn?«

»Herr Claasen möchte Sie sprechen. Kann ich durchstellen, Frau Marquardt?«

Mit ihm habe ich so früh gar nicht gerechnet, aber wenn er jetzt schon mal anruft, dann werde ich mit Sicherheit auch durch ihn erfahren, ob das Geschäft am

Samstagabend zustande gekommen ist. Frau Bensheimer habe ich dazu noch nicht befragen können.

»Ja natürlich, stellen Sie durch. Danke!« Hoffentlich ist es zu einem Abschluss gekommen. Herr Claasen ist einer meiner wichtigsten und treuesten Kunden, schon allein deshalb lege ich gesteigerten Wert darauf, dass es hier nicht erneut zu einem Zwischenfall gekommen ist.

»Guten Morgen, Herr Claasen! Ich grüße Sie! Was verschafft mir so früh am Montagmorgen die Ehre!?«

»Guten Morgen, Frau Marquardt! Ich wollte mich noch bei Ihnen persönlich melden. Leider haben Sie es nicht für nötig gehalten, selbst bei unserem Termin zu erscheinen. Das bedaure ich sehr.«

Ich verdrehe die Augen. Die Ausführungen von Herrn Claasen gefallen mir ganz und gar nicht. Warum reitet er darauf rum, dass mir unsere Treffen nicht wichtig erscheinen sollen. Verunsichert stehe ich auf und lasse meinen Blick auf die Elbe schweifen. »Ich hoffe doch sehr, dass Sie mit Frau Bensheimer einig geworden sind, Herr Claasen. Oder sollte ich mich täuschen?«

»Ihre Mitarbeiterin schien mir im ersten Moment sehr unbeholfen, was sich allerdings nach einer gewissen Zeit gelegt hat. Sie haben den Auftrag, Frau Marquardt. Aber einzig und alleine deswegen, weil ich die Latexdrucke bereits in vier Monaten erhalten kann. Dies hat mir Ihre Mitarbeiterin zugesagt. Ich verlasse mich auf Ihr Haus. Den Vertrag schicken Sie bitte in mein Büro nach Berlin.«

Ich runzele die Stirn und muss mich verhört haben.

Latexdruck? In vier Monaten? Das glaube ich jetzt nicht. Ich muss Frau Bensheimer sprechen, was sie Herrn Claasen zugesagt hat. Sofort verspüre ich leichte Übelkeit und lasse mich langsam auf meinen Stuhl gleiten.

»Ihre Frau Bensheimer hat mich sehr stark an meine Enkelin erinnert. Die hat auch so viele Sommersprossen im Gesicht. Also, Frau Marquardt. Ich höre von Ihnen. Auf Wiederhören!« Herr Claasen hat das Gespräch beendet und ich glaube nicht, was ich eben vernommen habe. Sommersprossen? Anja Bensheimer hat keine einzige Sommersprosse im Gesicht! Wer war bei diesem Geschäftsessen? Doch nicht etwa Emilia! Fassungslos bitte ich Frau Cooper, Anja zu mir zu schicken.

Es klopft kurz an der Tür und bevor ich überhaupt etwas sagen kann, kommt Marvin herein. »Hey, guten Morgen!«, ruft er mir freudestrahlend entgegen.

Ich schaue ihn beiläufig an und sage erst mal gar nichts. »Was ist denn los?« Fürsorglich wie immer schaut mich Marvin von der Seite an.

»Anja kann unmöglich am Samstag im Seehof gewesen sein und die Verhandlungen mit Claasen geführt haben!«, sage ich so ruhig wie möglich.

»Na, das hat ja nicht lange gedauert«, kommentiert Marvin meine Äußerung.

»Bitte? Wie darf ich denn das verstehen?! Weißt du etwas darüber?«

Marvin zieht die Augenbrauen nach oben und bevor ich weiter nachbohren kann, klopft es erneut an der Tür.

»Herein!«, rufe ich extrem angespannt und hoffe inständig, dass sich alles gleich in Wohlgefallen auflösen wird.

Anja öffnet zaghaft die Tür und erstarrt, als sie Marvin erblickt. Meine Augen gehen zwischen den beiden hin und her. Ich scheine mal wieder hier die Einzige zu sein, die nicht bescheid weiß. Nachdem Anja Platz genommen hat, sucht sie den Blick von Marvin. Dieser zuckt nur mit den Schultern und hält sich bedeckt.

»Ich hatte gerade ein Telefonat mit Herrn Claasen. Er hat mich bereits über den positiven Abschluss informiert. Das freut mich sehr.«

Anja schmunzelt und wirkt gelöst.

»Was mir allerdings überhaupt nicht gefällt, ist die Tatsache, dass Sie Herrn Claasen den Latexdruck zugesagt haben und dass auch noch in einer rasanten Lieferzeit von gerade mal vier Monaten! Wie kommen Sie dazu, Anja?«

Sie räuspert sich und schaut wieder zu Marvin rüber. Da ich langsam unruhig werde, laufe ich durchs Zimmer, bleibe an der Fensterfront stehen und verschränke meine Hände auf dem Rücken.

»Ja, also, das war so«, fängt sie sachte an zu sprechen, »ich habe ganz schnell gemerkt, dass Herr Claasen nicht so einfach zu überzeugen ist und da habe ich halt improvisiert.« Ihr Blick senkt sich und ich kann immer mehr spüren, dass hier etwas nicht stimmt.

»Maxfield hat überhaupt noch keinen Latexdruck produziert! Sie waren gar nicht auf diesem Geschäftsessen!

Stimmts?«, fordere ich sie raus. Sie nickt nur beschämt und ihr Gesicht bekommt eine leichte Röte. Ihre Frechheit und Ignoranz lässt meine Wut immer mehr ansteigen und ich befürchte, dass ich ohne Tabletten diesem immensen Druck nicht standhalten kann. »Sie haben Emilia vorgeschickt! Liege ich richtig mit meiner Vermutung?«

»Ja, habe ich. Was hätte ich denn tun sollen?! Sie haben mir ja keine andere Wahl gelassen. Ich war verzweifelt und hatte regelrecht Angst vor diesem Geschäftsessen. Sie haben doch den Abschluss! Was wollen Sie denn noch?!«

Zitternd sitzt Anja vor mir und ich lehne mich über meinen Schreibtisch. »Sind Sie verrückt geworden?!«, schreie ich sie an. Meine Aufregung ist nicht zu übersehen. Ich koche vor Zorn, laufe zum Fenster und vergrabe meine Hände in den Hosentaschen. Anja zuckt zusammen und schaut erneut zu Marvin. Der hält sich allerdings weiter bedeckt und lehnt sich im Stuhl zurück.

»Das glaub ich einfach nicht! Sie haben Emilia vor Ihren Karren gespannt?!« Um meiner Wut irgendwie Luft zu machen, schmeiße ich die Unterschriftmappen auf den Schreibtisch.

»Hey, Alexandra, beruhige dich! Es ist ja noch gut ausgegangen«, versucht Marvin zu beruhigen, der sich in der Zwischenzeit von seinem Stuhl erhoben hat und auf die Schreibtischkante setzt.

»Gut ausgegangen?«, wiederhole ich seine Worte. Mein Blick geht an der Bürotür vorbei und ich vernehme Emilia, die mir mit ängstlichem Blick in die Augen sieht.

Ob sie alles mitbekommen hat? Marvin und Anja entdecken sie jetzt auch und sie läuft unsicher auf uns zu. »*Ich wollte es dir sagen. Es tut mir leid, wenn ich Mist gebaut habe*«, flüstert Emilia. Um ihrem Blick nicht standhalten zu müssen, schaue ich zu Marvin rüber.

»Die Druckmaschinen sind bis Ende des Jahres alle ausgelastet! Wir können unmöglich in vier Monaten liefern, zumal wir auch bisher noch keine Latexdrucke produziert haben!«, lege ich noch eins oben drauf. Genervt setze ich mich an den Schreibtisch und starre auf meinen Bildschirm. Marvin hat sich hinter mich gestellt und versucht das Problem zu entschärfen. »Vielleicht können wir den Latexdruck weiter auslagern. Lass uns das morgen mal in Ruhe besprechen. Ich muss jetzt auf einen Termin. Bis später.«

Ich falte meine Hände zusammen und richte meine Augen auf Anja, die inzwischen eingeschüchtert und blass auf ihrem Stuhl sitzt. Termin ist das Stichwort. Durch diese Unannehmlichkeit hat sich mein ganzer Tagesablauf nach hinten verschoben. Um meiner eigentlichen Arbeit nachgehen zu können, entlasse ich Anja wieder in ihre und suche verzweifelt nach den Tabletten. Emilia greift nach meiner Hand und sieht mich eindringlich an. »Wenn du jetzt dieses Teufelszeug schluckst, muss ich annehmen, dass ich daran schuld bin. Bitte gib mir nicht dieses Gefühl!« Die Verzweiflung steht ihr ins Gesicht geschrieben.

Ich sehe von meinem Vorhaben ab und nehme sie in den Arm. »Weißt du eigentlich, wie stolz ich auf dich bin.

Weißt du das?«, flüstere ich ihr ins Ohr. Mit Tränen in den Augen nehme ich ihr Gesicht in meine Hände und drücke ihr einen Kuss auf die Stirn.

»Das Treffen mit Claasen ist so schlimm gewesen. Ich wollte dich dauernd anrufen und dich bitten zu kommen, habe es aber doch sein gelassen, als Marvin aufgetaucht ist«, erklärt sie mit zitternder Stimme. »Und das Jubiläum von Claasen sollen wir nächstes Jahr auch ausrichten. Das hat er mir zugesagt«, kommt es vorsichtig aus Emilia heraus.

Um uns alle wieder zu beruhigen, beschließe ich dieses Gespräch zu beenden und das Problem zu vertagen. »Süße«, sage ich bewegt und dankbar zugleich. Ich drücke sie ganz fest an mich und kann ihren warmen Atem spüren. Ihre Nähe lässt mich wieder runterkommen und ich hoffe, den Tag noch in gewohnter Routine zu bewältigen, als mein Blick zur offenen Tür schweift.

Ich erstarre, als ich die Gestalt erkenne, die sich den Weg in mein Büro bahnt. »MAMA?!«

Emilia löst sich aus meiner Umarmung und blickt nach hinten. Meine Mutter hatte schon immer einen Hang für Übertreibungen. Überall wo sie auftaucht, erwartet sie maximale Aufmerksamkeit um ihre Person. Bis zum Tod meines Vaters bestand ihre Hauptaufgabe darin, Gattin eines wohlhabenden Unternehmers zu sein. Sie hat noch nie arbeiten müssen. Trägt den ganzen Tag ihre teure Garderobe spazieren und nimmt Massage- und Friseurbesuche wahr. Mit ausgestreckten Armen läuft sie auf uns zu. »Alexandra! Ich grüße dich!« Sie haucht mir ein Küsschen links und rechts auf die Wange. Das ist auch schon das höchste der Gefühle. Meine Mutter würde mich nie fest in den Arm nehmen, geschweige denn, mich so innig drücken, wie es zwischen Emilia und mir ist. Bevor ich etwas sagen kann, schaut sie Emilia von oben bis unten an. Ihr Blick verhärtet sich. »Würden Sie mich mit meiner Tochter bitte alleine lassen, Frau ...«

»Maier. Emilia Maier«, vervollständigt Emilia den Satz und mir huscht ein Lächeln übers Gesicht. Sie drückt zum Abschied noch meine Hand und verlässt das Büro. Dem Blick meiner Mutter nach zu urteilen, ist sie von Emilia wenig begeistert. »Wer war das denn bitte? Doch keine Mitarbeiterin?!«, fragt meine Mutter entsetzt.

»Emilia ist meine beste Freundin. Aber du bist doch bestimmt nicht gekommen, um dich nach meinem Leben zu erkundigen.« Ihr Erscheinen kann nichts Gutes bedeuten, das steht auf jeden Fall fest.

»Deine Freundin?« Mit großen Augen sieht sie mir ins Gesicht.

Um das Gespräch nicht weiter vertiefen zu müssen, versuche ich herauszufinden, warum sie eigentlich hier ist. Mein Blick richtet sich auf den Bildschirm, der mich bereits an die nächste Besprechung erinnert. Meine Mutter schaut sich neugierig im Raum um und mustert streng meinen Schreibtisch. »Wie ich aus der Zeitung erfahren habe, hast du es mit Maxfield weit gebracht. So möchte ich meine Tochter sehen. Wenn man es zu etwas bringen will, dann zählt nur Leistung, Leistung und nochmals Leistung. Ausruhen kann man sich noch genug, wenn man unter der Erde liegt.«

Ich richte meine Augen nur auf den Bildschirm und bin regelrecht erstarrt wegen ihrer Äußerungen. Weil ich diese Kälte nicht länger ertragen kann und mir die Zeit davonläuft, versuche ich in einem energischen Ton den Grund ihres Erscheinens zu erfahren. »Mama, sag einfach was du hier willst! Ich habe einen Sack voll Arbeit und ehrlich gesagt überhaupt keine Zeit mich jetzt mit dir zu unterhalten!« Meine Mutter wäre nicht meine Mutter, wenn sie das interessieren würde.

»Alexandra! Wir haben uns zwei Jahre nicht gesehen? Oder sind es schon drei? Da solltest du nun wirklich mal Zeit für deine Mutter haben, wenn du schon nicht die Güte hast, bei mir vorbeizuschauen.«

Ich kann dieses Gerede nicht länger ertragen und erhebe mich erbost von meinem Stuhl. »Mama! Was willst du? Komm endlich zum Punkt!«, fauche ich sie an.

Meine Mutter macht auf dem Absatz kehrt und läuft zur Tür. »Ich erwarte dich heute Abend um 18 Uhr im Fairmont-Hotel zum Essen. Sei bitte pünktlich!«

»18 Uhr ist unmöglich. Das schaffe ich nicht. Lass uns um 20 Uhr treffen.«

Die Augen meiner Mutter blitzen unruhig und sie läuft ein paar Schritte auf mich zu. »Wenn ich 18 Uhr sage, meine ich auch 18 Uhr, mein Kind. Du weißt ganz genau, dass ich nach 20 Uhr nichts mehr zu mir nehme. Sei bitte pünktlich!«

Vor Zorn trete ich gegen den Stuhl und balle meine Hände zu Fäusten. Meine Augen verkleinern sich und ich atme schwer. Was will sie hier? Seit fast drei Jahren hatten wir keinen Kontakt mehr. Ich merke, wie meine Kehle immer trockener wird und suche in der Schublade nach Tabletten. Als ich die Schachtel öffne, muss ich feststellen, dass ich bereits die letzte entnommen hatte. Mist! Vielleicht kann ich nachher auf dem Weg zum Hotel bei der Apotheke vorbei. Um die Aggressivität wieder loszuwerden, atme ich ruhig aus und versuche mich wieder auf meine Arbeit zu konzentrieren.

Emilia

Enttäuscht von Anja sitze ich auf der Couch in ihrem Wohnzimmer und starre an die Wand. Ich weiß im Moment nicht, was schlimmer ist. Dass sie mich zu diesem Termin geschickt hat oder dass sie Alexandra davon erzählt hat, bevor ich mit ihr selbst reden konnte. Mit zerknirschter Miene setzt sich Anja neben mich und sieht mich von der Seite an.

»Es tut mir leid, Emilia. Aber die Marquardt hat mich zu sich zitiert. Was hätte ich denn sagen sollen, als sie nach dem Geschäftsessen mit Claasen gefragt hat? Hätte ich sie anlügen sollen?«

Ich beiße mir auf die Unterlippe und ziehe einen Schmollmund. So hatte ich mir das nicht vorgestellt. Die Semesterferien, die gemeinsame Zeit mit Alexandra. Stattdessen sitze ich hier bei Anja rum und überlasse Alexandra ihren Tabletten. Ich muss zurück. Genervt packe ich meine Sachen zusammen und verabschiede mich.

»Hey, jetzt sei bitte nicht sauer. Sehen wir uns?«, fragt Anja vorsichtig. Ich nicke nur und verlasse die Wohnung.

Das Taxi bringt mich zu Alexandras Penthouse und ich schließe leise die Haustür auf. Natürlich ist sie nicht da. Wie eigentlich immer. Ob sie noch in der Agentur ist? Schnell hole ich mein Handy hervor und tippe eine SMS:

> Hey Alexandra, wo bist du denn?
> Ich bin im Penthouse.
> Wird es heute wieder spät bei dir?
> LG Emi

Angespannt lege ich mich aufs Bett und hoffe, dass sie die Nachricht liest. Auf Föhr habe ich mir fest geschworen, dass ich sie nicht aus den Augen lassen werde, um kontrollieren zu können, ob und wieviel Tabletten sie zu sich nimmt. Jetzt war ich eine ganze Woche bei Anja und habe davon nichts mitbekommen. Ich schäme mich, dass ich nur an mich gedacht habe. Was wohl ihre Mutter will? Einen angenehmen ersten Eindruck hatte ich nun wirklich nicht von ihr. Meine Gedanken werden durch mein Handy unterbrochen.

Marvin:
Moin Emilia!
Wenn du Zeit und Lust hast,
könnten wir was Essen gehen.
Mir knurrt der Magen und wir
sollten mal über Claasen und
auch über Alexandra reden.
Soll ich dich um 19 Uhr abholen?
Gruß Marvin

Können wir gerne machen. Musst mich aber
bei Alexandra abholen.
Bis gleich.
LG Emilia

Marvin:
Ach, ist sie da? Ich
will euch nicht stören!

Von was träumst du denn!!
War Alexandra um diese Zeit schon mal zu Hause?
Ich wüsste nicht.
Bis gleich.

Ich gehe ins Bad und tauche meine Arme unter kaltes
Wasser. Heute ist es so warm, da tut das kühle Nass einfach gut. Meine Haare binde ich zu einem Pferdeschwanz
und meine Lippen bekommen einen Hauch Gloss. Ich
lächele kurz in mein Spiegelbild, doch dann knicke ich
innerlich ein. Während Alexandra noch in der Agentur
arbeitet oder wieder in irgendeinem Geschäftsessen fest-
sitzt, soll ich mit Marvin Hamburg unsicher machen?
Meine Augen verdunkeln sich und ich ziehe an meinem
Haargummi. Meine Haare fallen mir wieder offen auf die
Schultern und ich entscheide mich, zu Hause zu bleiben.

In dem Moment klingelt es an der Haustür und ich
bin nahe dran, mich taub zu stellen. Da Marvin nicht
locker lässt, gehe ich an die Gegensprechanlage.

»Marvin?«, frage ich nach.

»Wo bleibst du denn?!«

»Ich kann nicht, sorry!«

Ich hasse es, wenn ich lügen muss, aber ich hab keine Kraft, mich auf eine Diskussion einzulassen. Unsicher presse ich meine Lippen aufeinander, so, wie ich es immer mache, wenn ich mich unwohl fühle.

Leider lässt Marvin sich nicht abwimmeln und kommt mit dem Fahrstuhl direkt nach oben gefahren. Er sieht etwas genervt und abgespannt aus.

»So, junge Dame. Und jetzt sagst du mir bitte, warum du dich kurzfristig anders entschieden hast.« Inständig steht Marvin vor mir und zieht die Augenbrauen nach oben. Ich senke meinen Blick und suche nach einer passenden Antwort. Im Märchenerzählen war ich noch nie gut und schnell merke ich, dass ich nicht entkommen kann.

Wir machen es uns auf der Couch bequem, als Marvin noch zur Fensterfront läuft und aufs Wasser schaut. »Der Blick ist schon atemberaubend. Freie Sicht auf die Elbe, das kann sich nicht jeder leisten.«

Er kommt mir geknickt vor, aber nicht wegen der Aussicht, die er bei sich nicht genießen kann, sondern wegen Alexandra.

»Ich habe sie auf Föhr dabei erwischt, wie sie Tabletten nimmt. Aufputschmittel. So erklärt sich natürlich, wie sie das Pensum in der Agentur absolvieren kann. Wir hatten deswegen einen Riesen-Krach und ich bin dann für ein paar Tage bei Anja untergeschlüpft.« Ich schaue gespannt zu Marvin, der immer noch regungslos am Fenster steht. Ärgerlich springe ich auf und stelle mich direkt vor ihn. »Hast du gehört?! Sie nimmt Tabletten! Wir lagen also richtig mit unserer Vermutung. Leider. Sag doch auch mal was!«

Marvin senkt seinen Blick und schaut mich traurig an.

»Ich weiß. Ich habe sie auch schon darauf angesprochen und sie meinte, sie hätte alles im Griff. Wie immer.« Er stöhnt unüberhörbar aus und fährt sich mit den Händen durchs Gesicht.

»Was sollen wir denn jetzt machen?«, versuche ich eine Lösung zu finden. Marvin läuft an mir vorbei und setzt sich auf einen der ledernden Barhocker.

»Ich weiß es ehrlich gesagt nicht, Emilia. An Alexandra komme ich schon lange nicht mehr ran. Da hast du bessere Chancen.«

»Aber was sollen wir unternehmen?! Ich habe doch schon versucht, mit ihr über die Tabletten zu sprechen, aber sie blockt sofort ab. Du kennst sie doch. Zu allem Übel ist jetzt auch noch ihre Mutter aufgetaucht.«

Marvin hebt den Kopf und weitet seine Augen. »Was? Dorothea ist in Hamburg? Auch das noch.«

»Unser erstes Zusammentreffen war auch nicht gerade herzerwärmend«, stimme ich ihm zu. Marvin verzieht seine Mundwinkel und richtet seinen Blick wieder auf die Elbe.

»Wir brauchen jetzt einen Plan. Hilfst du mir?«

»Wenn Dorothea hier ist, dann werden wir im Moment nichts ausrichten können«, gibt Marvin zur Antwort.

Mir macht diese Situation immer mehr Angst. Ich weiß nicht, ob ich das ohne Marvin schaffen würde. Er kennt sie doch viel länger als ich und kann besser abschätzen, wie wir sie zur Vernunft bringen können.

»Ehrlich gesagt habe ich mit Alexandra schon länger keinen privaten Kontakt mehr. Ich habe den Eindruck, sie fühlt sich unwohl in meiner Gegenwart.« Marvin lehnt an der Fensterfront. Sein Blick ist wie versteinert. »Vor zwei Wochen habe ich ein Angebot von *Bartle Bogle Hegarty* aus den USA bekommen. Und ich überlege ernsthaft, ob ich es annehmen soll.«

Entsetzt stehe ich mit offenem Mund vor Marvin. »Das ist jetzt nicht dein Ernst! Du denkst darüber nach, zu kündigen?! Das kannst du nicht machen! Was soll denn dann aus Alexandra werden? Und aus der Agentur?!« Fassungslos wende ich mich von Marvin ab und laufe im Zimmer auf und ab. In mir steigt Unsicherheit und Angst auf. »Du solltest mit Alexandra reden. Aufrichtig reden, meine ich«, versuche ich ihn auf den richtigen Weg zu bringen.

Er schüttelt nur den Kopf und schaut mich ermattet an. Kurz darauf läuft er zur Tür und dreht sich noch mal nach mir um.

»Ich habe schon mehrfach versucht, mit ihr zu reden. Das weißt du auch, Emilia. Wenn sie sich mir nicht anvertrauen will, dann muss ich das akzeptieren. Nur was ich nicht akzeptieren werde, ist, dass ich weiter unter der Situation leide. Das kann sie nicht von mir verlangen. Alexandra kommt auch sehr gut ohne mich zurecht.« Bevor ich mich dazu äußern kann, steigt Marvin in den Fahrstuhl und die Türen schließen sich.

Ich muss Alexandra anrufen. Egal, wo sie jetzt ist oder was sie macht. Ungeduldig wähle ich die Kurzwahltaste und habe glücklicherweise ein Freizeichen. Eigentlich müsste ich mir das direkt fett im Kalender anstreichen. Oder auch nicht, denn meinen Anruf nimmt sie trotzdem nicht entgegen.

Alexandra

Völlig entnervt komme ich kurz nach 18 Uhr im *Fairmont-Hotel* an. Die verschiedenen Wegweiser zeigen mir direkt den Weg zum hauseigenen Restaurant *Haerlin*, in dem mir bereits auf halber Strecke ein Kellner entgegenläuft und mich an den Tisch meiner Mutter begleitet.

Ich kann bereits von Weitem erkennen, dass sie angespannt ist. Mit ihrem Zeigefinger tippt sie ungeduldig auf dem Tisch herum.

»Guten Abend, Mama.« Der Kellner rückt mir den Stuhl zurecht und ich nehme ihr gegenüber Platz. Meine Mutter zieht eine Augenbraue nach oben und schaut mich erbost an. »Es ist jetzt 18:05 Uhr, meine Liebe. Pünktlichkeit ist das halbe Leben. Habe ich dir das nicht beigebracht?!«

Ich könnte vor Zorn platzen, bewahre aber äußerlich die Ruhe. Das würde alles nur noch schlimmer machen und sie in ihrem Gerede bestärken. »Ich wüsste nicht, dass ich jemals von dir etwas gelernt hätte. Soweit ich mich daran erinnern kann, wurde ich sowieso die meiste Zeit von einem Kindermädchen betreut. Wie sagtest du mal zu mir? Ich habe mir einen Sohn gewünscht, mit einer Tochter kann ich nichts anfangen. So war es doch, oder?«

Meine Mutter schaut mich streng an und jeder, der sie nicht kennt, würde es jetzt mit der Angst zu tun bekommen. »Unterlass also diese Kommentare. Ich bin nicht hierhergekommen, um mich von dir beleidigen zu lassen. Also, warum bist du in Hamburg?«, warte ich ungeduldig auf eine Antwort.

Zwischenzeitlich hat uns die Bedienung eine Flasche *Féraud, Côte de Provence Cuvée Prestige*, Jahrgang 2015, serviert. Da meine Mutter einen gewissen Anspruch auch ans Essen hat, bestellt sie noch zweierlei Brot mit Heubutter & Sauerkrautcrème und als Hauptgang Limousin Lamm mit Bärlauch & gratinierter Zwiebeltarte. Der Kellner nimmt unsere Karten entgegen und ich entscheide mich für das Angler Sattelschwein mit Parmesan-Trüffelschaum & Artischockensalat. Unruhig durchsuche ich meine Handtasche nach den Tabletten, bis mir einfällt, dass ich vorhin nicht an der Apotheke vorbeigekommen bin wegen dieser beknackten Umleitung. Verdammt! Hoffentlich geht das hier nicht zu lange. Es muss schon einige Zeit her sein, dass ich hier zum Essen war. Ich kann mich nicht an diese bonfortionöse Einrichtung erinnern. Man kann hier gemütlich auf einer herrlich samtigen Couch sitzen und ringsherum stehen große Vasen mit pinken Gladiolen. Von der Decke hängt ein imposanter Kronleuchter, der alles in ein angenehmes Licht taucht. Wenn man die richtige Begleitung dabeihat, kann das durchaus reizvoll sein. Bleibt abzuwarten, wer die Rechnung dieses Essens begleicht. Meine Mutter bestimmt nicht. Mein Gedankenkarussell stoppt, als der Kellner die Vorspeisen serviert. Zögerlich lege ich mir die Serviette auf den Schoß und esse in kleinen Bissen. »Also, ich höre!«, fordere ich meine Mutter zum Reden auf. Sie legt das Besteck beiseite und tupft sich mit der Serviette den Mund ab.

»Du wirst eines Tages enden wie dein Vater. Der hat auch nur die Arbeit im Kopf gehabt und was hat er letztendlich davon gehabt?«

»Vorhin habe ich dir noch zu wenig Leistung gebracht und jetzt meinst du, ich würde an einem Herzinfarkt sterben wie Papa? Immerhin hat er dir ein überaus angenehmes Leben beschert.«

»So meine ich das auch nicht, Alexandra! Du musst deine Mitarbeiter für dich arbeiten lassen. Du musst delegieren. Kein Chef erledigt die anstehenden Aufgaben selbst.«

Sie lehnt sich wieder nach hinten, als ihr der Ober Wein nachschenkt. Ich verneine mit einer Handbewegung mir ebenfalls nachzuschenken, da ich mittlerweile merke, dass mein Kreislauf anfängt verrückt zu spielen. Vielleicht sollte ich mehr essen, um mein Problem etwas nach hinten zu schieben.

Besser delegieren. Was geht sie das denn an, wie ich in meiner Agentur arbeite?! Langsam fange ich an, mich zu fragen, warum ich eigentlich zu diesem Treffen gekommen bin. Ich schaue auf mein Handy, das mir einen entgangenen Anruf anzeigt. Emilia. Da sie mir wichtiger als ein Essen mit meiner Mutter ist, entschuldige ich mich bei ihr und gehe mit dem Handy vor die Tür.

»Hey Süße, du hast angerufen?«

»Wo bist du denn wieder?«, kommt es vorsichtig aus Emilia heraus. Ich laufe unruhig vor dem Hotel auf und ab, während ich ihr den Grund erkläre, warum ich noch unterwegs bin. Geknickt nimmt Emilia dies zur Kenntnis und ich spüre, dass sie etwas bedrückt.

»Sonst alles ok, Emi?« Besorgt warte ich auf eine Antwort und merke, dass ich einen wunden Punkt getroffen haben muss. Wenn es nach mir ginge, würde ich meine Mutter einfach mit ihrer Sauerkrautcrème sitzen lassen und nach Hause fahren. Ich atme tief aus und verspreche Emi, dass es nicht allzu spät wird.

Als ich zurück an den Tisch komme, wird bereits das leere Geschirr abgeräumt. Ich finde die Atmosphäre zwischen meiner Mutter und mir zunehmend angespannt und unterkühlt.

»Ich gehe davon aus, dass Marvin noch in deinem Unternehmen tätig ist?«, fragt sie mit erhobenem Kopf. »Du hast es ihm immer noch nicht gesagt? Das ist jetzt nicht dein Ernst, Alexandra!«

Ich halte ihrem Blick nicht stand und kann nicht glauben, dass sie dieses Thema wieder aufgreift. Ich hätte ihr damals einfach nichts davon erzählen dürfen. Nervös drehe ich meinen Ring am Finger und würde am liebsten davonlaufen. »Ich warne dich! Wenn du auch nur ein Wort zu Marvin sagst, dann war ich die längste Zeit deine Tochter! Das geht dich nichts an! Das ist eine Sache zwischen Marvin und mir.«

Da meine Mutter keinerlei Widerworte duldet, weiten

sich ihre Augen und sie lehnt sich zu mir über den Tisch. »Du hast 9 Jahre dafür Zeit gehabt. Jetzt ist es genug. Räum endlich dein Leben auf!«

»Und das hast du zu bestimmen?! Gerade du?! Ich muss mir von dir nicht mein Leben vordiktieren lassen! Fahr nach Amsterdam zurück, wo du hergekommen bist und lass mich ein für alle Mal in Ruhe!«, zische ich. Wütend verlasse ich das Restaurant, steige ins Auto und fahre nach Hause.

Emilia

Ich liege noch wach auf meinem Bett und starre zur Decke. Was ihre Mutter wohl von ihr will? Ich befürchte, dass sie keinen guten Einfluss auf Alexandra hat. Sie hat bei mir einen verbissenen und arroganten Eindruck hinterlassen und ich möchte dieser Person am liebsten gar nicht mehr begegnen.

Ein Schlüssel fällt ins Schloss. Ich springe auf, laufe in den Flur und falle Alexandra um den Hals. Sie erwidert meine Umarmung und ich habe das Gefühl, dass sie mich jetzt braucht. Ich streichele ihr über den Rücken und drücke ihr einen Kuss auf die Wange. Ihre Augen verraten nichts Gutes und ich suche nach den richtigen Worten. »Hey, du siehst müde aus. Kann ich irgendetwas für dich tun?«, frage ich so behutsam wie möglich und meine Stimme klingt irgendwie melancholisch.

»Ich geh schnell ins Bad. Bin gleich wieder zurück.« Sie drückt mir einen Kuss auf die Stirn und läuft den Flur entlang. Ob sie wieder zu den Tabletten greift? Ganz bestimmt macht sie das. Ich muss unbedingt rausbekommen, was sich heute Abend im Restaurant abgespielt hat. Und eigentlich müsste ich ihr sagen, dass Marvin vorhat zu kündigen. Das wird ihr endgültig den Rest geben. Ich weiß einfach nicht, was ich machen soll. Mit Anja kann ich schlecht darüber reden und schon gar nicht über die Abtreibung.

In der Zwischenzeit habe ich es mir auf der Couch bequem gemacht, nachdem ich zwei Gläser Saft aus der Küche geholt habe. Alexandra steht in der Tür zum Wohnzimmer und hält sich die Stirn. Voller Sorge laufe ich zu ihr und nehme ihre Hände. »Geht's dir nicht gut? Kann ich was für dich tun?«

Sie schiebt mich auf die Seite und läuft zur Couch. »Nein, es geht gleich wieder. Ich muss mich nur kurz hinlegen«, gibt sie zur Antwort. Unruhig kramt sie ihr Handy aus der Tasche und scrollt durch das Display.

»Du hast jetzt Feierabend. Leg bitte das Handy weg. Alexandra?« Ich könnte vor Zorn platzen, wenn sie mich einfach ignoriert, als wäre ich überhaupt nicht anwesend. Geistesgegenwärtig reiße ich ihr das Handy aus der Hand und laufe auf die Dachterrasse. Mit aller Kraft schleudere ich das Handy über die Brüstung. Alexandra ist hinter mir aufgetaucht und versucht mich noch, daran zu hindern. Da ist das Telefon allerdings schon im freien Fall auf dem Weg nach unten.

»Bist du wahnsinnig geworden?! Weißt du eigentlich, wie wichtig mein Handy für mich ist? Ich glaub es nicht!« Alexandra ist außer sich und schnaubt vor Wut.

»Ich sehe ja, was dieses blöde Ding anrichtet. Kannst du auch nur einmal ohne Arbeit?!«, schreie ich sie an. »Und rede endlich mit Marvin, sonst hast du vielleicht keine Gelegenheit mehr dazu!« Schwer atmend presse ich die Lippen aufeinander und erschrecke, dass ich das eben ausgesprochen habe. Alexandra steht jetzt ganz dicht vor mir und schaut mich mit traurigen Augen an.

»Was hat Marvin zu dir gesagt? Emi, bitte. Wenn du etwas weißt, dann musst du mir das jetzt sagen!« Eindringlich steht sie vor mir und ihr Blick verdunkelt sich.

Ich kann jetzt nicht mit ihr darüber reden. Das wäre der ungünstigste Zeitpunkt überhaupt.

»Ich muss noch mal in die Agentur.«

In der Hoffnung mich verhört zu haben, laufe ich in schnellen Schritten hinter ihr her und stelle mich in die Eingangstür.

»Emi, lass mich bitte durch. Komm schon!«

Kopfschüttelnd stehe ich vor ihr und senke meinen Blick. Warum rennt sie immer davon? Ich habe das Gefühl, dass sie sich immer mehr die Luft abschnürt und sie sich bereits in einem Teufelskreis befindet. Im Gegensatz zu vorhin, als sie nach Hause gekommen ist, ist ihr Zustand deutlich besser. Sie muss etwas eingenommen haben. Mit aller Kraft versperre ich ihr den Weg und sie gibt nach kürzester Zeit nach. Ihre Augen füllen sich mit Tränen und ich fühle mich so überfordert. Ich will ihr doch nur helfen.

»Lass mich wenigstens nach meinem Handy schauen. Ich brauche zumindest den Chip, darauf sind wichtige Daten abgespeichert.«

»Aber nur, wenn ich mitkommen darf.« Angestrengt warte ich auf eine Reaktion von ihr.

Sie nickt nur zaghaft und reicht mir die Hand. »Entschuldige bitte, Emi.«

»Ich muss mich entschuldigen. Schließlich habe ich

dein Handy kaputt gemacht. Trotzdem bist du mir ohne lieber.« Schmunzelnd schmiege mich in ihre Arme und spüre, wie alle Anspannung von uns fällt. »Das Handy ist mir doch total egal, Emi.«

Das Telefon ist leider nicht mehr zu retten. Es ist direkt auf dem Asphalt gelandet und das Display ist in tausend Einzelteile gesprungen. Was es wohl gekostet hat? Gereizt nimmt Alexandra den Chip aus dem demolierten Gerät und läuft mit mir zurück ins Penthouse. Vor überkommender Müdigkeit geplagt, versuche ich wach zu bleiben, weil ich das Gefühl habe, mit ihr reden zu müssen. Über die Umstände in der Agentur, über Marvin, über ihre Mutter und wie es mit unserer Freundschaft weitergeht. Es wird dazu nie eine passende Gelegenheit geben, wenn ich nicht jetzt die Initiative ergreife. Ich schließe die Augen und kuschele mich auf der Couch an Alexandra, die mit ausgestreckten Beinen neben mir liegt. »Was wollte denn deine Mama? Habt ihr euch gestritten?«, frage ich so behutsam wie möglich.

»Lass uns bitte über etwas anderes reden. Ich mag dieses Thema nicht.« Empfindlich schaut sie mich von der Seite an und ich nehme meinen ganzen Mut zusammen. Schon allein, unserer Freundschaft wegen. Ich löse mich von ihr und setze mich auf ihren Schoß. »Ich möchte aber, dass wir jetzt reden und wenn es die ganze Nacht dauert.«

Streng schaut sie mich an. »Emi, hör auf damit! Du weißt ganz genau, dass ich solche Überfälle nicht ausstehen kann!«

Da ich auf ihr sitze und mein ganzes Gewicht auf sie presse, gelingt es ihr kaum aufzustehen, so dass sie schließlich nachgibt. Ihr Blick verhärtet sich.

»Du läufst mir jetzt nicht wieder weg, sondern hörst mir endlich mal zu!« Unmissverständlich sehe ich sie an und hoffe, dass sie vernünftig wird.

»Ich habe morgen ein wichtiges Meeting. Lass mich bitte in die Agentur fahren!«

»Du hast immer wichtige Termine. Wir haben fast ein Uhr nachts, da muss kein Mensch mehr in einem Büro arbeiten. Jetzt bist *du* wichtig. Nicht ein Termin, eine neue Druckmaschine, Telefonate, Auswärtstermine, Messen, Veranstaltungen, Geschäftsessen und irgendwelche Auseinandersetzungen mit Mitarbeitern. Im Moment geht es nur um dich. Lass es bitte einfach mal zu, ok? Ich will dir doch nur helfen.« Traurig schaue ich sie an und hoffe inständig, dass sie begreift und es auch wahrnimmt, was ich zu ihr sage. Ich nehme ihre Hände in meine und sie schnauft unüberhörbar aus. Es fällt ihr so unheimlich schwer, sich einfach mal auf sich zu konzentrieren. Sie ist sich selbst so unwichtig. Woran liegt das nur?

Meine Gedanken kreisen und ich merke, dass ihre Anspannung nicht nachlässt. Ich suche ihren Blick und sie erwidert ihn. Mit verschränkten Armen sitzt sie vor mir und ihre Haltung ist für mich nicht ungewöhnlich. Bloß nicht nachlassen. Bleib an ihr dran! Immer wieder spreche ich im Inneren zu mir.

»Was hat sich denn vorhin im Restaurant abgespielt?

War das Treffen mit deiner Mutter so schlimm?« Verzweifelt versuche ich das Gespräch zu beginnen.

In Sekundenschnelle greift sie mir unter die Beine, hebt mich hoch und lässt mich neben dem Wohnzimmertisch auf den Boden.

»Für meine Mutter bringe ich zu wenig Leistung! In der Zeit, die ich hier verrödle, könnte ich arbeiten! Verstehst du?!« Schnaubend schaut sie mich an.

»Nein, das verstehe ich nicht«, sage ich leise. Das kann doch nicht ihr Ernst sein, dass ihre Mutter so denkt. Alexandra greift nach dem Schlüsselbund und läuft Richtung Haustür. So schnell ich kann, laufe ich ihr nach und halte sie am Arm fest. »Die Zeit, die du mir gerade schenkst – ja, es ist für mich wirklich ein Geschenk – stempelst du als verrödelt ab?!« Gespannt stehe ich vor ihr und erwarte eine Antwort.

Sie legt ihre Hand auf meine Wange und senkt den Blick. »Du weißt ganz genau, dass das nicht stimmt, Emi.«

»Dann zeig es mir. Bleib hier und lass uns reden. Bitte!«

Ohne einen Kommentar bahnt sie sich den Weg frei und lässt mich verzweifelt zurück. Ich rutsche mit dem Rücken an der Tür hinunter und kann meine Tränen nicht mehr zurückhalten.

Alexandra

Da ich die letzte Nacht durchgearbeitet habe, sitze ich angestrengt am Schreibtisch und überfliege die heutigen Termine. Auf der Toilette habe ich mich kurz frischgemacht und aus dem Schrank für den Notfall neue Klamotten herausgeholt. Das kalte Wasser im Gesicht tut richtig gut.

Frau Cooper ist inzwischen auch anwesend und bringt mir freudestrahlend meinen Tee. »Ja, guten Morgen, Frau Marquardt! Stärken Sie sich, bevor der große Ansturm kommt.«

Ich sehe kurz zu ihr auf und verfolge dann, wie sie den Tee in die Tasse gießt.

»Vielen Dank, Frau Cooper! Ich möchte bis zum Meeting keine Störungen.« Sie nickt verständnisvoll und ich krame in meiner Tasche nach den Tabletten. Mit einem Glas Wasser schlucke ich zwei der Tabletten und lehne mich im Stuhl zurück.

»Moin, Alexandra! Können wir uns noch kurz abstimmen, wie wir nachher mit *Partner & Sohn* verfahren? Ich hätte noch ein paar Punkte zu klären.« Grinsend steht Marvin vor mir und ich verspüre ein Ziehen in der Magengegend.

»Habe ich nicht gesagt, dass ich nicht gestört werden will?!«, rufe ich in Frau Coopers Richtung. Diese steht sofort auf und kommt zu mir gelaufen. »Ich wusste nicht, dass das auch für Herrn Hover gilt. Entschuldigen Sie bitte, Frau Marquardt.«

Marvin runzelt die Stirn und schaut mich irritiert an. Bevor ich etwas sagen kann, kommt überraschend Emilia herein. Sie winkt Frau Cooper zu und gibt Marvin zur Begrüßung ein Küsschen links und rechts. Sie hat das Hänger-Kleidchen an, das ich ihr letztes Jahr auf Föhr gekauft habe. Ihre langen, braunen Haare fallen ihr offen über die Schultern und ihre unzähligen Sommersprossen leuchten alle um die Wette. Sie läuft zu mir um den Schreibtisch und setzt sich auf die Kante. »Kann ich dich mal kurz sprechen?«, kommt es vorsichtig aus ihr heraus. Ich nicke zustimmend und hoffe, dass es nichts Schlimmes ist. Mein Blick geht zu Marvin und zu Frau Cooper, die ich bei dem Gespräch nicht unbedingt dabeihaben muss.

»Aber alleine«, setzt Emilia noch nach. Bevor ich Marvin und Frau Cooper nach draußen bitten kann, läuft zu meinem Entsetzen nun auch noch meine Mutter ins Büro.

»Marvin, mein Junge! Ich grüße dich. Wie geht es dir?« Auf direktem Weg, als würde sich niemand anderes im Raum befinden, läuft sie auf Marvin zu.

»Hey, Dorothea! Wie lange haben wir uns jetzt nicht mehr gesehen? Sind es fünf Jahre oder mehr?«

Meine Mutter fällt Marvin um den Hals und ich verdrehe demonstrativ die Augen. Frau Cooper hat inzwischen wieder im Vorzimmer ihre Arbeit aufgenommen und ich versuche, dass meine Mutter keine Gelegenheit bekommt, sich mit Marvin ausgedehnt zu unterhalten.

»Mama, entschuldige bitte, aber wir haben nachher ein wichtiges Meeting und haben noch einiges zu besprechen. Wenn ich dich dann bitten dürfte?« Ich erhebe mich von meinem Stuhl und zeige ihr appellierend den Weg zur Tür. Ich hoffe, dass die Situation nicht eskaliert. Meine Mutter steht zwischen Emilia und mir und schaut sie mit großen Augen an. Ihr Blick manifestiert sich und ich ahne nichts Gutes. »Meinst du wirklich, dass das ein guter Ersatz ist?«, wendet sich meine Mutter fragend an mich.

Mir bleibt der Atem stocken und ich schaue zwischen Emilia, meiner Mutter und auch Marvin hin und her. »Was denn für einen Ersatz? Könnt ihr mich mal mitnehmen?«

Verzweifelt suche ich nach einem anderen Thema oder einem Weg, wie ich zumindest meine Mutter loswerde. Marvins Miene erstarrt und er sieht mich fragend an.

»Jetzt sag ihm endlich die Wahrheit, Alexandra! Er hat ein Recht darauf, es zu erfahren«, fordert mich meine Mutter auf. Emilia sieht blass aus und rutscht von der Tischkante hinunter. Mein Hals wird immer trockener und ich merke, wie mein Magen rebelliert. Marvin hat sich inzwischen vor mich gestellt und ich fühle mich so ausgeliefert.

»Was sollst du mir sagen?«, schaut mich Marvin erwartungsvoll an. Ich sehe ihm kurz in die Augen, bevor ich mir die Hände aufs Gesicht lege. In kleinen Schritten trete ich rückwärts und stoße mit dem Rücken an die Fensterfront. Ich habe das Gefühl, zu ersticken und versuche zitternd tief einzuatmen. Als ich aufsehe, will Emilia zur mir laufen, aber Marvin hält sie davon ab. Er streicht behutsam über meine Arme und ich kann seine Nähe kaum ertragen. Auf einmal dreht sich Marvin von mir weg und bittet Emilia und meine Mutter zu gehen. Emilia sieht mich bedenklich an, verlässt aber mit meiner Mutter den Raum. Die Tür fällt ins Schloss und ich kann nicht glauben, dass ich in der Gegenwart von Marvin solch eine Angst verspüre. Wenn er erfährt, was ich vor neun Jahren getan habe, wird er sofort gehen und ich verliere nicht nur meinen stellvertretenden Geschäftsführer, sondern vor allem meinen besten Freund und den Menschen, nach dem ich mich verzehre. Er sieht mir tief in die Augen, fasst nach meinen Händen und drückt sie gegen seinen Brustkorb. Er umgreift meinen Hinterkopf und führt seine Lippen an meine und ich kann seinen warmen Atem spüren, das Aftershave, das mir schon damals in der Nacht in Hannover den Boden unter den Füßen weggezogen hat. Meine Lippen zittern und beben zugleich und ich versuche mich seinem Kuss zu entziehen, was ich einfach nicht schaffe. Die Sehnsucht nach ihm und seine Anziehungskraft lassen ein Entweichen nicht zu. Ich spüre seine Lippen und vibriere am ganzen Körper. Mit seinen Lippen öffnet er meinen Mund und ich nehme seinen Atem auf. Das Feuer ist entfacht. Unsere Zungen treffen sich und alle Anspannung fällt von mir ab. Er greift mit seiner Hand unter meinen BH und berührt mich zärtlich an meiner empfindlichsten Stelle. Mir läuft eine Träne die Wange hinunter und mir wird heiß und kalt zugleich. Wie in Trance sauge ich jede einzelne Pore von ihm ein. Schockiert fällt mir auf, dass uns womöglich Passanten von draußen an der Glasscheibe zusehen könnten. Wir stehen sozusagen auf dem Präsentierteller. Schweren Herzens gebe ich Marvin zu verstehen, dass das hier nicht der geeignete Ort ist. Er streichelt mir über den Scheitel und zieht mich vom Fenster weg. Sein Blick ist verführerisch und ich kann mich nur schwer unter Kontrolle halten. So lange war ich ihm nicht mehr so nah.

Bevor er mein Büro verlässt, dreht er sich noch mal zu mir um. »Ich erwarte dich heute Abend um 20 Uhr bei mir. Und sag jetzt bloß nicht, du kannst nicht. Du kannst - und du willst.«

Ich schlucke schwer und lasse mich auf den Stuhl fallen. Mit prüfendem Blick sehe ich in meinen Kosmetikspiegel, ziehe den Lippenstift nach und fahre mir durch die Haare.

Auf einmal kommt Emilia herein und schaut mich interessiert an. »Und? Konntest du endlich mit ihm reden? Weiß er es?« Hoffnungsvoll steht Emilia vor mir, mit ihren großen braunen Rehaugen und die vielen Sommersprossen, die wild auf ihrem Gesicht tanzen, wenn sie aufgedreht ist. »Nein, Emi. Er weiß es nicht. Nichts von der … Abtreibung und auch sonst nichts.«

»Aber was habt ihr denn dann die ganze Zeit gemacht?« Irritiert sieht sie mich an. »Nee, ne?! Hier im Büro?!«

»Nein, nicht das, was du denkst. Wir haben uns

geküsst. Leidenschaftlich und es war wunderschön.« Meine Stimme versagt und ich versuche die aufsteigenden Tränen zu unterdrücken.

»Aber das ist doch schon mal ein Anfang«, versucht sie mich aufzuheitern.

Ja, vielleicht, denke ich. Vielleicht ist es aber auch genau der falsche Weg.

»Über was wolltest du eigentlich vorhin mit mir reden?«, frage ich gespannt.

»Ich wollte dich fragen, ob du etwas dagegen hast, wenn ich die nächsten zwei Wochen auf Föhr verbringe. Es ist so schönes Wetter und ich würde so gerne ein bisschen schwimmen gehen. Und wenn du zwischendrin Zeit finden solltest, dann kannst du dich ja ins Auto setzen und bist schnell bei mir.« Grinsend steht sie vor mir. »Und wenn ich darf, dann würde ich Anja mitnehmen. Sie hat die nächsten zwei Wochen Urlaub und wir würden gerne etwas zusammen machen.«

Ich runzele meine Stirn und hoffe, mich verhört zu haben. »Emilia! Du kannst gerne ins Haus fahren, aber Anja hat dort nichts verloren.« Ermahnend stehe ich vor ihr und sehe in ihr geknicktes Gesicht. Sie nimmt mich in den Arm und zappelt herum.

»Komm, bitte. Sie kann sich dort doch nicht extra ein Zimmer nehmen.«

»Warum denn nicht?«

»Weil sie im Moment etwas knapp bei Kasse ist. Sie könnte gar nicht in den Urlaub fahren.« Enttäuscht hat sich Emilia auf meinen Schreibtisch gesetzt und lässt den Kopf hängen. »Du weißt doch ganz genau, dass ich nach dem Fauxpas, den sich Anja geleistet hat, nicht gut auf sie zu sprechen bin. Und das solltest du auch nicht sein. Schließlich hat sie dich vor ihren Karren gespannt.« Noch ganz wackelig auf den Beinen, versuche ich Emilia von ihrer Idee abzubringen. Diese setzt sich aber mächtig für ihre *Freundin* ein, so dass mir langsam die Argumente ausgehen. Mit gesenktem Blick schaut sie mir mit ihrem gekonnten Augenaufschlag direkt ins Gesicht. Mein Blick wandert auf den Computer und mit Schrecken erfahre ich die fortgeschrittene Uhrzeit. 10.30 Uhr! Ich muss unbedingt noch die Unterlagen für das Meeting durchgehen. Schwer atme ich aus und lege meine Arme auf Emilias Schoß. »Emilia, es kränkt mich, wenn du mit ihr die Zeit auf Föhr verbringst. Das ist unser Rückzugsort«, gebe ich ehrlicherweise zu. Emi schmunzelt.

»Schaumkrönchenzählen an der Nordsee werde ich ausschließlich mit dir. Ganz fest versprochen.«

Ich lege meine Stirn an ihre und spüre, wie sehr sie mir guttut.

»Abgemacht. Und vielleicht schaffe ich es ja mal vorbeizuschauen. Frau Cooper soll dir einen Leihwagen bestellen.« Emilia springt auf und fällt mir um den Hals. Ihre Herzlichkeit ist für mich immer ein Segen.

»Danke, Alexandra. Danke«, flüstert sie mir ins Ohr. Bereits an der Tür zum Vorzimmer angekommen, dreht sie sich noch mal zu mir um. »Kann es auch ein Opel

Adam sein? So einer mit faltbarem Verdeck? Der ist so süß«, schwärmt sie mir vor.

»Wenn du keinen Audi fahren möchtest, dann auch gerne einen Opel.« Ich zwinkere ihr zu und sie formt ein Herz in meine Richtung.

Emilia

Drei Tage später bin ich mit Anja auf dem Weg nach Föhr. Tatsächlich hat Alexandra mir einen Opel *Adam* in der Farbe Toffee mit weißem Verdeck gemietet und er sieht aus wie ein Sahnestück zum Anbeißen. Auf der Überfahrt nach Föhr öffne ich das Verdeck und wir schauen in einen stahlblauen Himmel. Ich liebe dieses Geräusch aus Möwengeschrei, dem laufenden Schiffsmotor und den Wellen, die an die Bordwand klatschen. Viele Urlauber und auch Einheimische tummeln sich auf dem Deck.

Eine dreiviertel Stunde später sind wir auf der Insel und ich parke direkt vor der Garage auf Alexandras Grundstück. Auch heute fällt mein Blick zuerst auf den verknöcherten alten Apfelbaum, der inzwischen mit Äpfeln behangen ist.

»So verwunschen habe ich mir das hier gar nicht vorgestellt. Eher modern und teuer«, kommentiert Anja das vor ihr liegende Panorama.

Ich schließe die Haustür auf und trete mit Anja in die Diele. An den Wänden sind weiße Holzpanelen angebracht, die den typischen Friesenstil hervorheben und direkt unter der Decke verläuft sehr hübscher Stuck. Ich liebe diesen ganz anderen Geschmack von Alexandra. Unser Weg führt direkt ins anliegende Wohnzimmer, von dort man einen unglaublichen Blick in den Garten und ein klein wenig auf die Nordsee hat. Anja ist nun doch beeindruckt. »So einen Geschmack hätte ich deiner Frau Marquardt gar nicht zugetraut«, grinst sie mich verlegen an. Um das herrliche Wetter noch ausnutzen zu können, schlage ich den obligatorischen Spaziergang am Strand vor. Sie willigt sofort ein und wir laufen bis zum Café *Klein Helgoland* hinaus. Dort gönnen wir uns zusammen einen großen Eisbecher und jede von uns trinkt einen Friesischen Tee. Besonders angetan hat es uns der Wintergarten, der einen auch im Sommer vor Windböen schützt und im Restaurant selbst zieren wunderschöne blaue Friesenkacheln den Raum. Aber am besten gefallen mir die gefüllten Glasdosen auf der Theke, die mit leckerem Gebäck und hauseigenen Pralinen gefüllt sind.

»Warum hat Frau Marquardt eigentlich so einen Narren an dir gefressen? Nicht, dass ich es dir nicht gönne, aber ich hätte nie für möglich gehalten, dass sich so eine Frau mit einer Person aus unseren Kreisen abgibt. Sie liest dir ja wirklich jeden Wunsch von den Lippen ab.« Anja sieht misstrauisch aus.

»Wir verstehen uns einfach gut. Mehr gibt es dazu nicht zu sagen«, versuche ich das Gespräch zu beenden.

»Komisch ist es trotzdem. Und ich bleibe bei meiner Vermutung, dass sie auf Droge ist.«

Vor Entsetzen verschlucke ich mich am Tee und Anja schlägt mir mehrmals mit der flachen Hand auf den Rücken, damit ich mich wieder sammeln kann. Wenn jetzt schon die Mitarbeiter darüber reden und sie Alexandra bei jedem Schritt genauestens beobachten, dann wird sich ihr Verdacht bald bestätigen. Ich muss Alexandra warnen.

Nachdem wir unseren Eisbecher genüsslich ausgelöffelt haben und unsere Teetassen geleert sind, machen wir uns auf den Heimweg. Da es ein so schöner Abend ist, verweilen wir noch im Garten und schauen auf die Nordsee hinaus. Ich muss ständig an Alexandra denken und wähle vor Sehnsucht ihr Handy an. Anja schaut gespannt zu mir rüber. Geknickt vernehme ich das Besetztzeichen und lege wieder auf. Anja beugt sich vor mich und schaut mich kritisch an. »Lass mich raten, du wolltest mit Frau Marquardt sprechen und bei ihr ist wie immer besetzt, richtig?«

Ich nicke stumm und halte mein Handy ganz fest in den Händen, damit ich den ersehnten Rückruf auf keinen Fall verpasse.

In der Zwischenzeit, als sich Anja im Bad frisch macht und ich die Gläser mit Saft nachfülle, vibriert plötzlich mein Handy. Alexandra!

»Hey, Alexandra! Danke, dass du zurückrufst«, kommt es freudestrahlend aus mir heraus und ich vernehme den genervten Gesichtsausdruck von Anja. Eigentlich würde ich jetzt gerne stundenlang mit ihr telefonieren, halte mich aber anstandshalber kurz. Leider muss ich aus unserem Gespräch heraushören, dass sie wieder einen Termin nach dem anderen zu bewerkstelligen hat und sie sehr müde klingt. Ich hätte sie jetzt so gerne bei mir und fühle mich derart schlecht, dass ich es mir gutgehen lasse und das auch noch auf ihre Kosten. Schweren Herzens beenden wir das Gespräch und ich lege mein Handy in Reichweite.

»Meine Güte! Man könnte wirklich meinen, du hast gerade mit deinem Lover gesprochen.« Anja sieht mich skeptisch an.

»Warum hackst du eigentlich die ganze Zeit auf Alexandra und mir rum? Bist du deshalb mitgekommen?«

»Ganz ehrlich, Emilia, ich wüsste schon ganz gerne, wieviel Millionen die Marquardt so mit sich rumschleppt. Und auch, warum du bisher nicht mit ihr über den verpatzten Claasen-Auftrag gesprochen hast, obwohl ich dich darum gebeten habe. Ihr wart doch auf Föhr, und dort hat sich keine Gelegenheit dazu ergeben?«

Anjas Fragerei nervt mich jetzt gewaltig und ich weiß ehrlich gesagt nicht, was ich davon halten soll. Ob es doch nicht so eine gute Idee war sie mit hierher zu nehmen? »Was willst du eigentlich?! Du kannst hier umsonst wohnen, der Claasen-Auftrag ist in der Tasche und wieviel Millionen Alexandra besitzt, geht dich überhaupt nichts an, ok?!«, gebe ich gereizt zur Antwort. Anja rollt mit den Augen und zieht die Beine an.

»Ja, es tut mir leid, Emilia! Entschuldige, aber neugierig darf man doch noch sein, zumindest gegenüber seiner Freundin. Wir sind doch Freunde, oder?«

Ich pflichte ihr bei einem weiteren Glas Saft bei und wir plaudern noch bis in die Nacht.

Am nächsten Morgen sind wir schon ganz früh zum Strand und schwimmen um die Wette. Das Wasser ist herrlich erfrischend und wir powern uns so richtig aus. Da ich Lust auf einen Pfannkuchen verspüre, laufe ich schnell zum Eis-Kally, um mir dort einen mit dickem Pflaumenmus zu bestellen. Anja hat sich für eine Waffel mit Puderzucker entschieden und ich warte an der Theke. Ich lasse meinen Blick durch die Menschenmenge auf der Promenade schweifen und erstarre. Robert! Der Exmann von Alexandra. Der mich vor zwei Jahren krankenhausreif geschlagen hat, weil er es nicht ertragen konnte, dass sich Alexandra von ihm getrennt hat und er mir die Schuld dafür gegeben hat. Mit Pfannkuchen und Waffel in der Hand bahne ich mir einen Weg durch die Menschenmenge und drehe mich in alle Himmelsrichtungen, aber ich kann Robert nicht mehr sehen. Ob ich mich getäuscht habe und er nur jemandem ähnlich gesehen hat? Mit weichen Knien laufe ich zum Strandkorb, den wir uns heute gemietet haben. Anja ist gerade aus dem Wasser gekommen und rubbelt noch ihre Haut trocken. Ihre nassen Haare liegen schwer auf ihren Schultern. »Hey, was ist denn mit dir passiert? Geht's dir nicht gut?«

Besorgt wartet Anja auf eine Antwort und nimmt mir vorsichtshalber das Essen ab. Das Pflaumenmus läuft inzwischen aus dem warmen Pfannkuchen heraus und tropft in den Sand. Ich setze mich in den Strandkorb und lehne mich nach hinten. »Vor dem Eis-Kally dachte ich, Robert gesehen zu haben.«

»Was? Der Ex von der Marquardt ist hier? Dann kann

doch auch Susan nicht weit sein, vorausgesetzt, die ist noch mit ihm zusammen.«

Auch Anja sieht sich in alle Richtungen um und beißt genüsslich in ihre Waffel. Ich habe Angst und überlege ernsthaft, Alexandra anzurufen. Sie wollte ihn damals schon anzeigen, weil er mich geschlagen hat, aber ich wollte kein Aufsehen erregen. Ich hasse es, wenn ich im Mittelpunkt stehe und das wäre ich ja gewissermaßen gewesen. Nur schwer konnte ich sie davon abhalten. Letztendlich hat sie meinen Wunsch respektiert, auch wenn sie ihn nicht nachvollziehen konnte.

Als Anja merkt, dass mir so gar nicht mehr nach Schwimmen und Friede, Freude, Eierkuchen ist, packen wir unsere Sachen zusammen und laufen Richtung *Gmelinstraße*, wo das Haus von Alexandra steht. Unterwegs erblicken wir an einem großen Kastanienbaum einen Zettel:

Yoga für Einsteiger
Treffpunkt:
Am 8.8.2018
um 11 Uhr
an der Musikmuschel

Da wir beide bereits in München an einer Schnupperyogastunde teilgenommen haben und dort schon begeistert waren, spricht nichts dagegen morgen dort hinzugehen. Wir klatschen uns die Hände ab und schlendern vergnügt nach Hause. Mit meinen Gedanken immer noch bei Robert, hadere ich mit mir, ob ich nicht doch Alexandra davon erzählen soll. Letztendlich entscheide ich mich dagegen, da ich nicht will, dass sie sich um mich auch noch Sorgen macht.

Alexandra

Auf dem Weg zu einem Auswärtstermin nach Elmshorn halte ich an der Apotheke an und versorge mich erneut mit Tabletten. Es ist mir bewusst, dass ich diesen Weg hätte nie einschlagen dürfen, aber ich stecke mittlerweile zu tief drin, um noch etwas daran ändern zu können. Das Schlimmste ist für mich aber, dass Emilia davon etwas mitbekommen hat. Mir ist es ganz recht, dass sie mich mit diesem Thema nicht weiter konfrontiert hat. Zumindest bisher.

Mein Gedankenkarussell stoppt, als mir mein Handy eine neue SMS signalisiert.

Emilia:
Guten Morgen!
Ich hoffe, du konntest einigermaßen
schlafen, wenn ich auch nicht zu Hause bin?
Muss dauernd an dich denken und hätte
dich jetzt so gerne bei mir. Du
errätst nie, wo Anja und ich heute
hingehen. In eine Yogaschnupperstunde!
Ich freu mich schon so. Um 11
Uhr geht's los. Ich schreib dir nachher,
wie es war. Arbeite bitte nicht
wieder so viel, versprochen?
Deine Emi

Ich schicke ihr einfach einen Smiley zurück und schaue schmunzelnd auf die vor mir liegende Straße, als noch mal eine Antwort kommt.

☺

Emilia:
Wie?!
Konntest du schlafen und arbeitest
du heute bitte nicht wieder so lange?
Sonst setze ich Marvin auf dich an.
Emi

Meine Nacht war kurz und ich
versuche heute nicht ganz so lange zu arbeiten.
Viel Spaß nachher in der Yogastunde.
Jetzt muss ich aber Schluss machen.
Ich bin bereits in Elmshorn und habe einen Termin.
Wir hören uns später.

Was würde ich nur ohne Emilia machen? Sie ist der wichtigste Mensch in meinem Leben geworden und ich gönne es ihr von Herzen, dass sie es sich auf Föhr so richtig gutgehen lassen kann. Erschöpft und mit dem schweren Aktenkoffer in der Hand gehe ich direkt zum Empfang und melde mich an. Die Dame teilt mir unverblümt mit, dass der Termin kurzfristig verschoben werden muss, da Herr Paulsen erkrankt sei. Super, dann bin ich ja mal wieder ganz umsonst in der Gegend herumgefahren. Wie ich so etwas hasse! Ich scrolle mein Handy durch und wähle die Nummer von meinem Wirtschaftsprüfer. Leider befindet der sich zurzeit im Sommerurlaub. Genervt steige ich ins Auto und fahre nach Hamburg zurück. Die Straßen sind auch heute überfüllt und es ist wieder mal schwierig durch den Verkehr zu kommen.

Die Stille wird durch das Klingeln meines Handys unterbrochen: »Hallo Marvin! Was gibt es?«, frage ich bemüht freundlich in die Freisprechanlage.

»Moin! Warum bist du nicht meiner Einladung gefolgt?«

Da ich dieses Gespräch auf keinen Fall vertiefen möchte, suche ich nach einer Ausrede. »Du Marvin, entschuldige, aber ich stehe bereits in Elmshorn und habe jetzt einen Termin mit Paulsen. Können wir das bitte vertagen?!«

»Schau mal in deinen linken Außenspiegel«, fordert mich Marvin auf. Ich erschrecke, als ich Marvins Auto zwei Autolängen hinter mir entdecke. Scheiße!

»Du fährst jetzt die nächste Autobahnraststätte raus! Und sag jetzt bloß nicht, das geht nicht!« Marvin ist außer sich und ich spüre, dass ich aus dieser Nummer jetzt nicht mehr rauskomme.

Zehn Minuten später verlasse ich die Autobahn und stelle auf der Raststätte mein Auto ab. Marvin parkt direkt daneben, steigt aus und knallt voller Zorn die Wagentür zu. Er läuft um mein Auto herum und zieht an der Türklinke. Geistesgegenwärtig verriegele ich die Türen und starre mit Tränen in den Augen nach vorne.

»Alexandra! Mach bitte die Tür auf!«, brüllt Marvin. Ich fange an, am ganzen Körper zu zittern und starte den Motor. Ohne ihn anzusehen, trete ich aufs Gas und fahre einfach los. Im Innenspiegel kann ich erkennen, dass Marvin zu seinem Auto rennt und versucht mir zu folgen. Da ich über die Autobahn wegen des zähflüssigen Verkehrs nicht kommen werde, entscheide ich mich über die Landstraße zu fahren.

Nach einer guten halben Stunde bin ich bereits an meinem Penthouse angekommen und fahre direkt in die Tiefgarage. Verheult und total aufgewühlt gehe ich ins Bad und mache mich erst mal frisch. So kann ich unmöglich in der Agentur erscheinen. Und Marvin wird vermutlich dort als Erstes nach mir suchen. Weil meine Augen so brennen, beschließe ich, mich für zehn Minuten auf die Couch zu legen und zur Ruhe zu kommen. Ich erschrecke, als es an der Tür klingelt. Das kann nur Marvin sein. Mit zitternden Knien gehe ich zum Monitor und kann ihn am Eingang stehen sehen. Es wäre jetzt nicht fair, ihn wieder stehen zu lassen und entscheide daher, ihm ohne ein Wort die Tür zu öffnen. Ich trete einen Schritt zurück und höre, wie sich der Fahrstuhl in Bewegung setzt. Die Tür öffnet sich und Marvin kommt herein. Ich halte mich an der Konsole fest, die direkt hinter mir steht und traue mich nicht, in Marvins Augen zu blicken. Er umgreift mein Gesicht und legt seine Stirn auf meine. Alle Dämme brechen und ich kann meine Tränen nicht mehr zurückhalten. Ich kann mich kaum noch aufrecht halten. »Mein Mädchen. Was ist denn nur los mit dir? Warum redest du denn nicht? Ich mach mir solche Sorgen um dich. Seit Monaten geht das jetzt schon so mit dir. Habe ich denn überhaupt keinen Platz mehr in deinem Herzen?«

Ich merke, wie ich meine Kraft verliere und mich nicht mehr halten kann. Marvin greift unter meine Kniekehlen und trägt mich ins Schlafzimmer. Mir ist heiß und kalt zugleich und ich verspüre wieder mal ein Ziehen in der Magengegend. Marvin streicht mir eine Haarsträhne aus dem Gesicht und sieht mich besorgt an. »Alexandra, bitte rede endlich. Ich weiß doch überhaupt nicht, ob ich schuld an deinem Zustand bin oder ob sonst irgendetwas dahintersteckt. Wirst du bedroht? Hast du etwas von Robert gehört?«

»Nein, dich trifft keine Schuld und ich werde auch nicht bedroht. Lass uns bitte wieder zur Tagesordnung übergehen. Ich muss in die Agentur. Dort wartet noch jede Menge Arbeit auf mich.«

Völlig fertig schiebe ich Marvin auf die Seite und gehe erneut ins Bad, um mir mit kaltem Wasser das Gesicht zu erfrischen. Meine Haare binde ich zu einem Pferdeschwanz und auf die Wangen pudere ich etwas Rouge. Aus lauter Verzweiflung, den Tag sonst nicht zu überstehen, drücke ich zwei Tabletten aus dem Blister heraus und schlucke sie ohne mit Wasser nachzuspülen. Irritiert sieht mich Marvin an, als ich auf der Höhe des Fahrstuhls stehe. »Du willst jetzt nicht wirklich in die Agentur?!«

»Doch. Genau das. Mir geht es gut. Mach dir keine Sorgen!«

Die Fahrstuhltür öffnet sich, wir treten ein und ich drücke den Knopf für die Tiefgarage. Dort lasse ich Marvin wortlos stehen, steige in mein Auto und fahre Richtung Agentur.

Emilia

Anja und ich laufen euphorisch zum Yogatreffpunkt Richtung Musikmuschel, an der man schon von Weitem regen Zulauf erkennen kann. Ich hätte es nicht für möglich gehalten, dass es so viele Interessierte gibt. So kann man sich täuschen. Schmunzelnd reihen wir uns in die Menschenmenge ein. Kurze Zeit später taucht die Yogalehrerin auf und gibt uns eine erste Einweisung, bevor wir runter an den Strand laufen und uns dort in einem großen Kreis aufstellen. Und dann geht es auch schon los, mit dem Sonnengruß, dem Brett, dem ersten und dem zweiten Krieger. Anja und ich haben ordentlich Spaß und können uns bei manch einem das Lachen nicht ganz verkneifen.

Nach einer Stunde liegen wir erschöpft auf dem Rücken und starren zum Himmel, in die endlose Weite. Vereinzelt kann man kreischende Möwen beobachten, die ihre Runden drehen.

»Meine Güte! Was war das denn bitte?!«, kommt es lethargisch aus Anja heraus. »In München war das in der Schnupperstunde aber nicht so anstrengend.«

Ich drehe meinen Kopf zu ihr und stimme ihr nickend zu. Ganz langsam läuft mir der Schweiß vom Gesicht den Hals hinunter und ich verspüre heftigen Durst. »Komm, lass uns etwas essen gehen. Wir könnten bei

Jola vorbeischauen!« Anja pflichtet mir bei und wir laufen ohne Umschweife direkt zum Restaurant *Zum Walfisch*.

Das Restaurant ist bereits gut gefüllt und ich kann Jola schon von Weitem erkennen. Als sie einen Tisch abkassiert hat, dreht sie sich um und schaut mir direkt in die Augen.

»Ja Herzchen! Bist wieder auf Föhr?«, ruft sie uns lächelnd entgegen. Bevor ich etwas sagen kann, umarmt sie mich bereits und schaut dann zu Anja. »Hast du heute andere Freundin dabei? Ist blonde Freundin immer noch krank?« Irritiert sieht Anja erst mich an und dann Jola.

»Nein, nein. Alexandra muss arbeiten. Sie ist in Hamburg geblieben. Ich habe daher Anja mitgebracht«, versuche ich die Situation zu entschärfen.

Nachdem uns Jola einen Platz zugewiesen hat und wir in den Speisekarten blättern, schaut mich Anja mit großen Augen an. »War Frau Marquardt krank? Weil diese Jola danach fragt ...«

Es war wohl doch keine so gute Idee, hier her zu kommen. Anja wird so lange stochern, bis sie die Wahrheit erfährt. »Es ging ihr einfach nicht so gut. Du weißt doch selbst, dass Alexandra mega viel Stress hat. Da kann man nicht jeden Tag fit aussehen.« In der Hoffnung, dass Anja jetzt endlich Ruhe gibt, lese ich mich weiter durch die Karte.

»Warum werde ich das Gefühl nicht los, dass du mir etwas verheimlichst. Ich dachte, wir wären Freundinnen und vertrauen uns alles an.« Anja zieht einen Schmollmund und ich merke, wie die Luft für mich immer dünner wird. Niemals darf ich Anja von den Tabletten erzählen. Unter keinen Umständen. »Es gibt einfach Dinge, die gehen nur Alexandra und mich etwas an. Ich kenne ja schließlich auch nicht dein ganzes Leben. Und dabei sollten wir es belassen.«

Anja runzelt die Stirn und sieht überhaupt nicht so aus, als würde sie meine Antwort akzeptieren. Aber darauf kann ich keine Rücksicht nehmen. Ich muss und ich werde Alexandra schützen.

Während wir die bestellten Krabben zu uns nehmen, unterhalten wir uns über die letzten Jahre, als ich in die Agentur gekommen bin und wir uns angefreundet haben. Nie hätte ich gedacht, dass wir mal zusammen auf Föhr sein werden.

Nachdem uns Jola die Rechnung gebracht hat, legt sie EUR 402,80 dazu. »Das ist noch der Rest vom 500-Euro-Schein, den Freundin auf Tisch gelegt hatte und wie Blitz verschwunden war.« Schmunzelnd steht Jola vor uns und ich schaue in Anjas irritierten Gesichtsausdruck. Verlegen nicke ich Jola zu und stecke das Geld ein, während Anja sich den Weg nach draußen bahnt. Bevor ich ihr hinterlaufen kann, hält mich Jola am Arm fest. »Wie geht's Freundin? Sie hat sehr müde ausgesehen. Das ist nicht gut. Herzchen, du musst besser auf sie aufpassen, sonst geschieht ein Unglück.«

Ängstlich schaue ich sie an und registriere immer mehr, dass ich Alexandra helfen muss. Wir umarmen uns noch herzlich und ich folge Anja zum Südstrand. Sie hat es sich auf einer Bank bequem gemacht und schaut aufs Wasser hinaus. Befangen setze ich mich daneben und hoffe irgendwie ein Gespräch anfangen zu können.

»Frau Marquardt hat mit einem 500-Euro-Schein bezahlt und nicht auf das Wechselgeld gewartet? Krass!« Anja starrt weiterhin geradeaus und verzieht keine Miene. »Ich komme mir schon reichlich blöd vor, Emilia. Ganz ehrlich. Hier ist doch irgendetwas vorgefallen, das du mir nicht sagst. Unter Freundschaft verstehe ich was anderes. Und obwohl ich dich darum gebeten habe, hast du mit ihr bis heute nicht gesprochen. Du weißt doch ganz genau, dass sie mich nicht ausstehen kann und mich daher ständig rundlaufen lässt.« Anjas Ärger sieht man ihr inzwischen kilometerweit an und ich bin hin und her gerissen. Ich merke immer öfter, dass ich durch Alexandra in gewisse Situationen gedrängt werde, für die ich nichts kann und dadurch in Erklärungsnot komme. Aber Alexandra ist mir einfach wichtiger und ich werde unter keinen Umständen nachgeben, auch, wenn es mich die Freundschaft zu Anja kosten würde.

Um die Situation etwas zu entschärfen, hake ich mich bei Anja ein und ziehe sie zum Strand. Die Wellen spülen unzählige Schaumkrönchen an und ich muss dabei wieder an Alexandra denken, denn Schaumkrönchen zählen wir nur gemeinsam. Ich schmunzele und halte mein Gesicht in die Sonne.

Es ist inzwischen Abend geworden und Anja liegt noch immer im Strandkorb im Garten. Ich ergreife die Gelegenheit und wähle Alexandras Handy an, um wenigstens kurz ihre Stimme hören zu können. Glücklicherweise habe ich Freizeichen und es klingelt genau zwei Mal.

»Werbeagentur Maxfield, Apparat von Frau Marquardt. Sie sprechen mit Frau Cooper, was kann ich für Sie tun?«

Meine Enttäuschung ist groß, als ich nicht Alexandras Stimme vernehme. »Hallo Frau Cooper, hier ist Emilia. Ich wollte eigentlich Frau Marquardt sprechen. Ist sie nicht da?«, frage ich nach.

»Moin Emilia! Nein, Frau Marquardt ist nicht im Haus und hat auch ihr Handy auf mich umgestellt. Sie ist heute schon den ganzen Tag unterwegs. Kann ich ihr etwas ausrichten?«

»Nein, Frau Cooper. Ich schicke ihr eine SMS. Aber danke und einen schönen Feierabend wünsche ich Ihnen!«

Schmerzlich lasse ich mich in den Ohrensessel gleiten und tippe eine SMS an Alexandra:

Hallo Alexandra, ich habe es gerade
auf deinem Handy versucht,
aber es ist auf Frau Cooper umgestellt.
Schade Marmelade.
Ich hätte so gerne wenigstens deine Stimme gehört,
wenn du schon nicht hier sein kannst.
Wenn du endlich zurück bist,
meldest du dich dann noch kurz bei mir?
Egal wie spät.
BITTE!!
LG Emi

Anja ist inzwischen im Wohnzimmer aufgetaucht, um nach einer DVD Ausschau zu halten. Wir entscheiden uns für *Ein ganzes halbes Jahr*, weil der Film so schön und gleichzeitig auch so traurig ist. Passend zu unserer Stimmung. Aus der Küche hole ich noch Salzstangen und Saft, bevor wir es uns auf dem Fußboden auf den Lammfellen gemütlich machen.

Irgendwann müssen wir eingenickt sein, weil bereits der Abspann läuft und wir uns nicht so richtig an das Ende erinnern können. Wie gut, dass wir bereits beide im Kino den Film gesehen haben. Noch etwas orientierungslos sammeln wir die leeren Schüsseln und Gläser ein, als mein Handy vibriert.

Alexandra:
Schlaf schön, Emi.
In Gedanken bin ich
bei dir. Hab es schön!
Ich drück dich ganz fest.
LG Alexandra

> Können wir morgen mal telefonieren?
> Vermiss dich!
> LG Emi

Alexandra:
Ja, klar. Können wir
machen. Ruf einfach an.

Dann melde ich mich gleich um 9 Uhr,
sonst erreiche ich dich vermutlich wieder nicht ☹.
Ok?

Alexandra:
Ok, 9 Uhr. Ich werde die
Leitung freihalten.
Schlaf schön!

Ich nehme dich beim Wort. 9 Uhr!! 😊

Alexandra:
Das kannst du.

Alexandra

Nach einer fast schlaflosen Nacht finde ich mich wieder in der Agentur ein. Frau Cooper hat bereits meinen Tee auf dem dafür vorgesehenen Stövchen bereitgestellt und ich gehe die Termine für den heutigen Tag durch, bis ich durch das Klingeln meines Handys unterbrochen werde.

»Guten Morgen, Emi! Schön, dass du dich meldest.«

»Guten Morgen! Bist du schon wieder in der Agentur?«

»Wo soll ich denn sonst sein. Aber erzähl du mal! Wie geht es dir und was macht ihr den lieben langen Tag?«

Während Emi mir alles ganz ausführlich berichtet, schaue ich auf die Elbe hinaus und zu den Frachtern, die vor meinem Fenster vorbeifahren. Wie in Trance falle ich Emilia ins Wort. »Ich wäre jetzt auch so gerne auf Föhr«, unterbreche ich ihren Redefluss. Vielleicht sollte ich doch versuchen, ein paar Tage hochzufahren. Aber auf Anja könnte ich wirklich getrost verzichten.

»Wenn du willst, dann komme ich zurück.«

»Nein, Emi. Du machst jetzt Urlaub und wir sehen uns spätestens Ende nächster Woche, ok? Ich muss jetzt Schluss machen. Ich habe um zehn die erste Besprechung. Wir können gerne heute Abend noch mal telefonieren.«

Emilia stimmt mir zu und wir beenden das Gespräch. Noch ganz in Gedanken versunken, klopft es an meiner Tür.

»Frau Marquardt? Ihre Mutter ist da. Darf ich sie reinlassen?«, steht Frau Cooper erwartungsvoll in der Tür. Ich nicke genervt und erhebe mich von meinem Stuhl. »Guten Morgen, Alexandra! Ich wollte noch kurz bei dir vorbeischauen, bevor ich nach Amsterdam zurückfahre.« Meine Mutter hat wieder diesen seltsamen Blick aufgelegt und ich weiß nicht, ob es tatsächlich nur bei der Verabschiedung bleibt.

»Schön. Dann wünsche ich dir eine gute Fahrt«, gebe ich krampfhaft zur Antwort. Meine Mutter wäre nicht meine Mutter, wenn sie nicht noch eins draufsetzen würde. »Ich habe eben Marvin getroffen und ihn gebeten in dein Büro zu kommen.«

»Bitte?! Warum?«, frage ich erschüttert nach. Bevor meine Mutter mir antworten kann, wird die Tür geöffnet und Marvin kommt herein. Angst überkommt mich, weil ich nicht weiß, ob ich dieser Situation standhalten kann. Marvin läuft auf uns zu und sein Blick sieht besorgt aus.

»Guten Morgen, Alexandra.«

Mit ebenfalls traurigem Blick erwidere ich seinen Gruß und schaue kritisch zu meiner Mutter. Wie immer steht sie auch heute mit feinster Garderobe vor uns. Ihre rechte Schulter ziert eine Louis Vuitton Handtasche und ihre Hände sind mit mehreren Diamantringen bestückt. »Ich bin eigentlich davon ausgegangen, dass meine Tochter alt genug ist, um ihr Leben selbst auf die Reihe zu bekommen. Inzwischen warte ich fast neun Jahren darauf, dass sie ihren damaligen Fehler wieder geraderückt. Leider vergeblich.« Ihre Augen wandern zu Marvin und ihr Blick sieht streng aus. »Wenn du Alexandra wirklich liebst, dann kündigst du und nimmst die Stelle bei *Bartle Bogle Hegarty* in den USA an. Glaub mir, mein Junge, das ist das Beste, für euch beide.«

»Bist du verrückt geworden?! Was redest du da für einen Scheiß!«, schreie ich meine Mutter an. Ich bin außer mir und würde sie am liebsten auf den Mond schießen. Meine Mutter aber bleibt völlig gelassen und verabschiedet sich von Marvin, so, als wäre nichts geschehen.

Voller Zorn knalle ich den Lap-Top zu und schaue genervt zu Marvin, der sich seitlich auf den Besprechungstisch gesetzt hat.

»Du hast ein Angebot aus den USA? Warum weiß ich nichts davon?« Gespannt stehe ich vor Marvin, der mich finster ansieht.

»Haben wir nicht etwas anderes zu besprechen? Was hat deine Mutter mit dieser Anspielung gemeint?«

Damit Marvin nicht weiter bohrt, beschließe ich das Thema zu wechseln. »Es ist gleich zehn. Wir müssen ins Meeting. Kommst du bitte?!« Marvin hält mich am Arm fest und dreht mich unsanft zu sich um. »Da ich wohl doch der Grund für dein Verhalten bin, möchte ich bis morgen Abend eine Antwort von dir. Ansonsten wirst du meine Kündigung auf deinem Schreibtisch vorfinden.« Er legt kurz seine Hand auf meine Wange und verlässt dann mit großen Schritten das Büro. Fassungslos bleibe ich zurück und bin wie gelähmt vor Schmerz. Ich greife nach

Timer und Handy und laufe Richtung Tür, als ich ein starkes Pfeifen im rechten Ohr verspüre. Instinktiv drücke ich mit der flachen Hand dagegen und hoffe inständig, dass dieses Geräusch sofort nachlässt. Es verschwindet aber nicht und ich setze mich auf einen der Besprechungsstühle.

»Frau Marquardt! Ist alles in Ordnung mit Ihnen?«, höre ich Frau Cooper fragen. Ihre Stimme klingt gedämpft und ich habe das Gefühl, nicht richtig hören zu können.

»Ja, Frau Cooper. Es ist alles in Ordnung. Sagen Sie bitte Herrn Hover Bescheid, dass ich nicht beim Meeting dabei sein werde. Danke!« Frau Cooper nickt besorgt und verlässt mein Büro.

Wie ich die Nacht überstanden habe, weiß ich nicht. Noch immer verspüre ich einen unangenehmen Druck auf meinem Ohr, auch das Pfeifen ist noch immer nicht weg. Unter der Dusche lasse ich lauwarmes Wasser über meinen Körper gleiten und merke, wie mir die Wärme guttut. Als ich aus der Dusche steige und anfange mich abzutrocknen, wird mir schwarz vor Augen und ich lasse mich auf den Boden sinken. Von Minute zu Minute geht es mir immer schlechter und ich würde am liebsten Emilia anrufen. Bei Marvin kann ich mich nicht melden. Ich traue mich nicht. Weil mir nichts anderes übrigbleibt, rufe ich aus lauter Verzweiflung den Notarzt.

Emilia

Leider regnet es heute Morgen wie aus Kübeln, so dass ich mich nur kurz vor die Tür traue, um Brötchen zu besorgen. Irgendwie habe ich ein mulmiges Gefühl und bin innerlich aufgewühlt. Also hole ich mein Handy hervor und rufe Alexandra an. Freizeichen. Yes! »Werbeagentur Maxfield – Apparat von Frau Marquardt, mein Name ist Cooper. Was kann ich für Sie tun?«

»Hier ist Emilia. Moin, Frau Cooper! Ist Frau Marquardt schon wieder in einem Meeting?«

»Moin, Emilia! Nein, Frau Marquardt hat sich krankgemeldet. Genaueres weiß ich allerdings nicht. Ich musste alle Termine für die restliche Woche absagen. Vielleicht kann Ihnen Herr Hover mehr sagen.«

Krankgemeldet? So kenne ich Alexandra überhaupt nicht. Es muss ihr wirklich schlecht gehen. »Danke, Frau Cooper! Ich versuche es mal bei Herrn Hover. Tschüss.«

Hat sich mein mulmiges Gefühl also bestätigt. Hastig wähle ich Marvins Apparat an und bekomme nur die Mailbox. Womöglich ist er auf einem Außentermin. Mist. Ich versuche es auf dem Festnetz der Penthouse-Wohnung, in der Hoffnung, dass Alexandra abnimmt.

»Hey, Emi! Ist was passiert?«, meldet sie sich beunruhigt.

»Das müsste ich ja wohl eher dich fragen! Was ist denn

mit dir? Frau Cooper hat gesagt, dass du dich krankge-meldet hast?«

»Mach dir bitte keine Sorgen! Mir geht's schon wie-der besser. Alles halb so schlimm. Genieß bitte deinen Urlaub.« Unmöglich kann ich auf Föhr bleiben, wenn es ihr nicht gutgeht.

»Und was fehlt dir jetzt?«, frage ich noch mal.

»Mir war schwindelig gewesen, daher bekomme ich jetzt vorsichtshalber Infusionen. Sonst nichts.« Mir bleibt der Mund offenstehen.

»Du bekommst Infusionen? Ich nehme die nächste Fähre und komme so schnell wie möglich zurück.«

»Nein, Emi. Es ist …« Ohne auf ein weiteres Wort zu warten, lege ich einfach auf und laufe so schnell ich kann zum Haus zurück.

Nachdem ich Anja kurz aufgeklärt habe, packen wir in Windeseile unsere Sachen und fahren zum Fähranle-ger. Glücklicherweise kommen wir noch auf die 10 Uhr-Fähre. Die Überfahrt kommt mir unendlich lang vor. Anja schaut mich schief von der Seite an und räuspert sich bedenklich. »Schon komisch, wie oft deine Frau Marquardt in letzter Zeit krank ist, findest du nicht?« Sie kann es einfach nicht lassen. Ständig muss sie auf diesem Thema herumreiten. Sie muss doch merken, dass sie mir damit am wenigsten hilft. »Aber ich habe es verstanden. Du darfst nichts sagen. Du kommst aber zu mir, wenn du mich brauchst. Abgemacht?« Anja zwinkert mir mit einem Auge zu und ich bin sehr erleichtert, dass unsere

Freundschaft nicht zu zerbrechen droht. »Versprochen. Danke, Anja!«

Auf dem Festland angekommen, wühle ich mich durch den zähen Verkehr und hoffe, dass es auf der Autobahn nicht ganz so voll ist. Das Radio drehe ich voll auf und in Gedanken bin ich nur bei Alexandra.

»Soll *ich* nicht besser fahren?«, fragt Anja vorsichtig. Ich lehne dankend ab, da ich befürchte, dass ich noch mehr ins Grübeln komme, wenn ich nicht selbst am Steuer sitze.

Nach fast vier Stunden fahre ich endlich in die Tiefgarage, nachdem ich Anja zu Hause abgesetzt habe. Hastig laufe ich zum Fahrstuhl und drücke mehrmals den Knopf. Meine Güte. Ist der immer so lahmarschig?! Endlich öffnet sich die Tür und ich drücke die Taste für den 8. Stock.

Oben angekommen, lasse ich meine Reisetasche im Flur fallen und laufe zu Alexandras Schlafzimmer. Ich erschrecke, als ich sie im Bett liegen sehe. Sie schläft und hat tatsächlich eine Infusion anhängen. Auf dem Nachttisch liegen mehrere Päckchen Tabletten und eine Flasche Wasser steht daneben. Ich setze mich zu ihr auf die Bettkante und streichele behutsam ihren Arm. Neugierig greife ich nach einer Tablettenpackung und falte die Packungsbeilage auseinander:

Medikament aus der Wirkstoffgruppe der sogenannten Glukokortikoide wirken gegen die Entzündung und Schwellung, die beim Hörsturz im Ohr auftreten können.

Hörsturz? Ich glaub das alles nicht. Plötzlich rührt sie sich und schlägt langsam die Augen auf. »Emi?! Jetzt bist du ja doch zurückgekommen. Das solltest du doch nicht.« Voller Sorge falle ich ihr um den Hals und drücke sie ganz fest an mich. So sehr habe ich sie die letzten Tage vermisst. »Was machst du denn für Sachen?! Du hast einen Hörsturz?«, hake ich nach.

»Ja. Mach dir aber bitte keine Sorgen! Durch die Infusion und die Tabletten geht es mir schon wesentlich besser. Ich soll mich den Rest der Woche noch schonen und dann kann ich auch wieder arbeiten«, versucht sie mich zu beruhigen.

»Weiß Marvin davon?«

»Nur Frau Cooper weiß Bescheid. Ich möchte nicht, dass er davon erfährt.«

Sie kann ihn doch nicht ständig wegstoßen. Er wird sich genauso Sorgen machen wie ich. Vielleicht ruft er mich noch zurück. Schließlich habe ich vorhin versucht, ihn zu erreichen und sein Handy müsste ihm meinen verpassten Anruf anzeigen.

»Morgen erzähle ich dir, was ich Schönes auf Föhr gemacht habe. Aber jetzt ruh dich erstmal aus! Und wenn du etwas brauchst, dann sagst du mir Bescheid. Ich bin ja jetzt da.

Alexandra

Heute geht es mir so gut, als wäre nichts gewesen. Die vielen Stunden Schlaf haben mir anscheinend gutgetan. Selbst das Geräusch im Ohr ist kaum noch zu hören. Emilia schläft noch tief und fest und ich versuche, den Schlauch vom leeren Infusionsbeutel an meinem Handrücken abzunehmen. Leider bleibt es mir nicht erspart, beim Arzt vorbeizufahren, da mir noch die Kanüle entfernt werden muss.

Bevor ich ins Badezimmer gehen kann, wacht Emilia auf und blinzelt mich müde an. »Hey, guten Morgen. Was machst du denn?«

»Schlaf noch eine Runde! Ich geh' schnell ins Bad und fahre beim Arzt vorbei, damit er mir die Kanüle entfernt und danach schaue ich kurz in der Agentur nach dem Rechten.«

Ehe ich mich versehe, springt Emilia auf und versperrt mir den Weg zum Badezimmer. »Das ist jetzt nicht dein Ernst, oder? Du hattest einen Hörsturz! Du legst dich jetzt bitte wieder hin und ich rufe deinen Hausarzt an. Er entscheidet dann, ob du noch weitere Infusionen brauchst oder nicht.« Fürsorglich sieht mich Emilia an und greift nach meinen Händen. »Mir geht es deutlich besser. Du musst dir keine Sorgen machen«, versuche ich sie zu beruhigen.

»Dann fahre ich dich. Du darfst mit Sicherheit kein Auto fahren.«

»Emi, jetzt übertreibst du aber. Lass mich bitte meine Arbeit machen. Damit hilfst du mir am meisten«, reagiere ich schroff und laufe an ihr vorbei.

»Wie lange willst du dich denn noch bestrafen? Du musst mit Marvin reden. Er hat ein Angebot aus den USA bekommen und überlegt zu kündigen.«

Ich glaube mich verhört zu haben und drehe mich zu ihr um. »Du weißt davon und hast es mir nicht gesagt?«, frage ich enttäuscht.

»Er hat es mir auch erst vor kurzem erzählt. Marvin leidet unter deiner Zurückhaltung. Er braucht dich genauso wie du ihn. Also rede endlich mit ihm!«

Plötzlich kommt es mir so vor, als wäre Emilia diejenige, die mir Hilfestellung geben müsste, dabei bin ich doch immer die Starke. Um mich nicht weiter erklären zu müssen, husche ich unter die Dusche und mache mich nach einem starken Kaffee mit Emilia auf den Weg zum Arzt.

Als Privatpatientin genieße ich das Privileg, nicht unnötig im Wartezimmer rumsitzen zu müssen, so dass mich Dr. Brach sofort ins Sprechzimmer zitiert. Leider entwickelt sich das Untersuchungsgespräch nicht so, wie ich mir das vorgestellt habe.

»Frau Marquardt! Ich sage es Ihnen gerne noch einmal. Sie sind stark angeschlagen und nur, weil sie sich im Moment gut fühlen, heißt das noch lange nicht, dass sie gesund sind. Ganz im Gegenteil. Ich weiß nicht, ob Sie es mitbekommen haben, aber der Notarzt hat Ihnen gestern noch Blut abgenommen und die Werte sind ziemlich im Keller. Außerdem konnte eine erheblich hohe Substanz Amphetamine festgestellt werden. Können Sie mir das erklären?« Fordernd sieht mir Dr. Brach in die Augen.

»Ich wüsste nicht, was das mit meinem Hörsturz zu tun haben soll. Und jetzt entnehmen Sie mir endlich die Kanüle. Ich muss in die Agentur. Sind Sie bitte so gut!« Um nicht aufbrausend zu wirken, versuche ich so ruhig wie möglich, Hr. Dr. Brach umzustimmen. Dieser schüttelt nur den Kopf und greift nach meiner Hand. »Wissen Sie, Frau Marquardt, ich habe schon viele Patienten wie Sie gehabt, und viele von Ihnen wären froh, sie hätten damals auf mich gehört. Bei ihrem Krankheitsbild gehören Sie ins Krankenhaus und danach zur Kur. Sie benötigen Infusionen und vor allem ganz viel Ruhe und Schlaf.« Da mir nicht nach Smalltalk ist, schnaufe ich unüberhörbar aus und Herr Dr. Brach sieht von weiterem ab. Er klopft mir auf die Schulter und verlässt das Behandlungszimmer.

Nachdem mir die Arzthelferin die Kanüle entfernt hat und ich den obligatorischen Wisch unterschrieben habe, auf eigene Verantwortung zu handeln, verlasse ich genervt die Praxis. Auf der anderen Straßenseite wartet Emilia und läuft mir entgegen, als sie mich sieht. »Und? Was hat der Arzt gesagt?«

»Nichts weiter. Gibt mir bitte die Autoschlüssel?« Ich lehne mich über das Autodach und strecke meine Hand aus. Ohne ein Kommentar wirft mir Emilia den Schlüssel zu und wir fahren gemeinsam in die Agentur. Als ich den Wagen auf dem Parkplatz abstelle, verspüre ich erneut ein leises Pfeifen im rechten Ohr. Ich schnaufe tief aus und bin dabei die Fahrertür zu öffnen, als mich Emilia festhält.

»Du hast doch alle Termine für diese Woche abgesagt. Warum willst du denn jetzt in die Agentur? Und hat dir der Arzt schon erlaubt, wieder zu arbeiten?« Ihr Blick ist besorgt, aber ich möchte nicht, dass sie meinetwegen so traurig ist. Ich drücke ihr einen Kuss auf den Handrücken und gehe ohne ein weiteres Wort zusammen mit ihr in mein Büro.

»Frau Marquardt! Sind Sie wieder gesund?« Freude-strahlend steht Frau Cooper an ihrem Schreibtisch, der mit reichlich Arbeit übersät ist. Ich gehe zielstrebig zu meinem Schreibtisch, der ebenfalls bereits nach zwei Tagen aussieht, als wäre ich wochenlang nicht da gewesen. Auf dem Stapel Akten liegt ein weißer Umschlag mit der Aufschrift *Alexandra*. Ich öffne ihn und falte das Papier auseinander:

Sehr geehrte Frau Marquardt!

Ich bitte in beiderseitigem Einvernehmen um sofortige Auflösung des Arbeitsvertrages und um Verzicht der Einhaltung der Kündigungsfrist.

Freundliche Grüße

Marvin Hover

Ich falte das Papier wieder zusammen, stecke es in den Umschlag zurück und lege ihn in meine Schreibtischschublade. Wie in Trance greife ich nach dem Blister, entnehme zwei Tabletten und kippe sie mit einem großen Schluck Wasser hinunter. Mein Brustkorb zieht sich zusammen und eine Gänsehaut überzieht meinen ganzen Körper. Emilia sieht mich entsetzt an und versucht mich zu trösten. Bevor ich etwas sagen kann, klingelt mein Handy. Noch aufgewühlt, versuche ich Haltung zu bewahren. »Marquardt!«, spreche ich gequält.

»Moin, Alexandra! Ich wollte dich nur noch mal an unser Gespräch erinnern. Du solltest meine Geduld nicht überstrapazieren. Wann und wo können wir uns treffen?« Voller Zorn drücke ich das Gespräch weg und knalle das Handy auf den Schreibtisch. Nicht das auch noch!

»Wer war das denn? Und was war das für ein Umschlag?« Ich sehe Emilia fest in die Augen und ich kann meine Tränen nur schwer zurückhalten. Als ich mich kurz gesammelt habe und mich Emilia anvertrauen will, schießt ein enormer Schmerz durch mein Ohr. Es fühlt sich wie Watte an und es pfeift schrecklich. Um den Druck ausgleichen zu können, drücke ich mir die Hand gegen das Ohr und hoffe inständig, dass es bald wieder vorbei ist.

»Alexandra was ist mit dir? Sag doch bitte was!« Mit ängstlichem Blick steht Emilia vor mir und ich greife nach ihrer Hand. »Emi, kannst du mich bitte heimfahren? Mein Ohr spielt wieder verrückt.«

Emilia versucht mich zu stützen und wir fahren auf

direktem Weg in die Penthouse-Wohnung. Leider geht es mir immer schlechter, so dass Emilia besorgt Dr. Brach anruft. Wenige Zeit später hänge ich erneut an einer Infusion, erhalte eine Spritze und falle erschöpft in einen Dämmerschlaf.

Emilia

Inzwischen sind zwei Wochen vergangen und Alexandra hält sich zumindest an die Anweisung des Arztes im Bett zu bleiben. Was mich aber mittlerweile ärgert, ist die Tatsache, dass sie sich keine Ruhe gönnt. Auch im Bett hat sie den Lap-Top auf dem Schoß und ist pausenlos am Telefon. Um ihr wenigstens ein bisschen unter die Arme greifen zu können, helfe ich in der Agentur so gut ich kann. Frau Cooper ist wirklich ein Schatz. Sie ist mir immer behilflich und weist mich in die verschiedenen Aufgaben ein. Selbst Überstunden nimmt sie dafür in Kauf, um mit mir zusammen die wichtigsten Angelegenheiten zu erledigen.

In zwei Tagen steht ein wichtiges Meeting an, zu dem Alexandra in der Agentur wieder erscheinen will. Das halte ich allerdings für keine gute Idee und auch ihr Hausarzt ist davon überhaupt nicht begeistert. Sie soll sich immer noch schonen und muss weiterhin Infusionen bekommen. Und wo Marvin sich rumtreibt, ist mir ein Rätsel. Selbst Frau Cooper weiß darüber nichts. Ob er tatsächlich gekündigt hat?

Völlig geschafft treffe ich gegen 20:30 Uhr in der Penthouse-Wohnung ein. Ich gehe direkt in die Küche und fülle mir ein Glas Saft ein, als ich Alexandra in der Tür stehen sehe.

»Wo kommst du denn jetzt her?«, steht sie fragend vor mir.

»Aus der Agentur.« Sie läuft auf mich zu und umgreift mein Gesicht. »Emi, ich möchte nicht, dass du so lange in der Agentur arbeitest. Ich finde es unheimlich lieb von dir, dass du mir helfen willst, aber ich möchte, dass das in einem angemessenen Rahmen bleibt.«

Ihr Blick sieht müde aus und sie wirkt zerbrechlich.

»Ich habe zusammen mit Frau Cooper noch die Präsentationsunterlagen für das bevorstehende Meeting zusammengestellt. Das hat dann halt etwas länger gedauert«, gebe ich zähneknirschend zur Antwort. »Marvin ist ja auch nicht da. Wie sollen wir denn die Arbeit von euch beiden auffangen?! Wo ist er überhaupt?«

»Emi, genau das meine ich. Du musst weder Marvin noch mich ersetzen. Ich möchte nicht, dass du verheizt wirst. Und warum ist überhaupt Frau Cooper so lange im Haus? Sollen das ungerechtfertigte Überstunden werden?«

Das glaube ich jetzt nicht. Wir versuchen ihr zu helfen und sie macht uns nur Vorwürfe.

»Hat die Firma Grimmet inzwischen das Angebot unterschrieben?«

»Nein, haben sie nicht. Du weißt doch, dass die nicht so schnell sind.«

»Das kenne ich eben nicht. Du musst mehr Druck machen!« Gereizt drehte ich gegen das Tischbein und will an Alexandra vorbeilaufen, als sie mich zu sich zieht und in den Arm nimmt. »Entschuldige, Emi. Entschuldige, bitte!« Sie streichelt mir über den Scheitel und läuft Richtung Schlafzimmer. Ich folge ihr, schließe die Tür und lehne mich dagegen. Alexandra steht am Fenster und schaut in die Weite. Ich weiß einfach nicht mehr, was ich machen soll. Und Marvin hat mich auch hängen lassen. Er hat bis heute nicht zurückgerufen. Ich fasse mir ein Herz und ziehe Alexandra ins Bett. Bevor ich mit ihr rede, hänge ich ihr die Infusion wieder an und sie nimmt ihre Tabletten, die ihr Dr. Brach verordnet hat. Mit angezogenen Beinen streicht sie mehrmals über die Bettdecke.

»'Was man liebt, muss man freilassen. Kehrt es zu einem zurück, gehört es einem. Wenn nicht, hat es einem nie gehört.'Hast du deshalb Marvin ziehen lassen?«

Alexandra runzelt die Stirn und schaut mich betroffen an. »Ich weiß es nicht, Emi.«

»Du hoffst doch aber, dass er zurückkommt, oder?«

Alexandra legt sich zurück und starrt zur Decke. Ich setze mich im Schneidersitz neben sie und versuche so ruhig wie möglich zu sein. »Wenn du mich wirklich so lieb hast, wie du immer sagst, dann reden wir hier und jetzt aufrichtig miteinander, ohne Ausreden, ohne Wegrennen.« Sie greift nach meiner Hand und drückt sie ganz fest. In ihrem Augenwinkel kann ich eine Träne sehen, die sie krampfhaft zurückhält. »Können wir?«, frage ich behutsam nach. Sie nickt stumm und schaut mich traurig an. »Meinst du, Marvin hat wirklich ernst gemacht und das Angebot aus den USA angenommen?«

Eine schlimmere Frage hätte ich nicht stellen können. Alexandra entzieht mir ihre Hand und nickt behutsam. Ihre Tränen kann sie nicht mehr zurückhalten und ich nehme sie in den Arm. »Meine Mutter hat ihn aufgeheizt, so dass er jetzt vermutet, dass er der Grund für mein Verhalten ist. Er wollte von mir eine Antwort, bis zu dem Tag, an dem ich den Hörsturz bekommen habe. Auch wenn ich gewollte hätte, hätte ich nicht mit ihm darüber reden können. Ich weiß nicht einmal, ob ich die Agentur ohne Marvin überhaupt führen will oder auch kann. Er fehlt mir nicht nur als Freund schrecklich, sondern hinterlässt auch in der Agentur eine riesige Lücke. Er hat mir sehr viel abgenommen.«

Gespannt sitze ich vor Alexandra und bin so froh, dass sie endlich mal in Ruhe darüber spricht. Ich animiere sie weiter zu reden, was ihr sichtlich schwerfällt.

»Als ich von Marvin schwanger war, habe ich keinen anderen Ausweg gesehen, als abzutreiben. Wir standen in keiner Beziehung und ich war damals bereits mit Robert verheiratet. Marvin hat ständig Bekanntschaften gehabt und ich konnte mir wirklich nicht vorstellen, dass ausgerechnet er mein Liebhaber spielen würde, geschweige denn, dass er ein Kind von mir haben wollte.«

Ich bin mir ziemlich sicher, dass Marvin zu ihr gestanden hätte. Niemals hätte er zugelassen, dass sie das Kind abtreibt und den Rest ihres Lebens trauert.

»Und was war das vorhin für ein Anruf?« Behutsam versuche ich mehr zu erfahren. Schon als wir zusammen auf Föhr waren, habe ich mitbekommen, wie sie schlagartig ein Telefongespräch beendet hat. Gesprochen hat sie darüber nicht. Ich sehe Alexandra an, dass sie mit einer Antwort hadert und greife daher wieder nach ihrer Hand.

»Es war Robert«, flüstert sie zu meinem Entsetzen.

»Robert? Du hast Kontakt mit ihm?«

»So kann man das nicht sagen, Emi. *Er* ruft mich zwischendurch an. Nachdem, was er dir damals angetan hat und du partout nicht wolltest, dass ich ihn anzeige, verspüre ich regelrecht Hass auf ihn. Ich bin so froh, dass wenigstens die Scheidung schnell über die Bühne gegangen ist.«

»Aber warum ruft er dich an?« Ängstlich warte ich auf eine Antwort. Alexandra wendet ihren Blick von mir ab und schaut Richtung Fenster, als sie schwer ausatmet.

»Er fordert eine größere Summe. Er hat das Geld, das er von mir für seine Anteile an der Agentur bekommen hat, verspielt und jetzt will er einen Neuanfang im Ausland starten. Dabei soll ausgerechnet ich ihn unterstützen.« Alexandra schüttelt ihren Kopf und schaut auf ihre Bettdecke.

»Um wieviel geht es denn?«, frage ich alarmiert.

»Ist nicht so wichtig, Emi. Ich will einfach nur meine Ruhe vor ihm. Und das Geld werde ich ihm nicht in den Rachen schmeißen.«

Ich sollte ihr sagen, dass ich Robert auf Föhr gesehen habe. Sie war jetzt so ehrlich zu mir, dann muss auch ich mit der Wahrheit rausrücken. Außerdem kommt mir da so eine Idee. »Ich habe geglaubt, Robert auf Föhr gesehen zu haben, als ich beim *Eis-Kally* in der Warteschlange auf meinen Pfannkuchen gewartet habe. Als Anja und ich nach ihm Ausschau gehalten haben, konnten wir ihn nirgends finden. Vielleicht habe ich mich aber auch getäuscht.«

Alexandra sieht mich entsetzt an und umgreift mein Gesicht. »Emi, wenn das noch mal vorkommt, gibst du mir sofort Bescheid. Hast du mich verstanden? Das ist kein Spiel!«, ermahnt sie mich und ihre Augen werden glasig. Es hat sich in den letzten Monaten so viel angestaut, dass ich so froh bin, endlich mal in Ruhe reden zu können.

»Sagst du mir jetzt bitte noch was Dr. Brach gesagt hat? Ich mache mir wirklich Sorgen um dich.« Traurig sehe ich sie an und kuschele mich wieder eng an sie. Da sie nichts sagt, stoße ich sie ganz leicht an und schaue in ihr Gesicht.

»Ich soll mich im Krankenhaus behandeln lassen. Nicht nur wegen meines Hörsturzes, sondern auch, weil meine Blutwerte schlecht sind. Anschließend soll ich noch eine Kur machen.« Ich stütze mich auf und sehe sie streng an. »Dann fahre ich dich jetzt ins Krankenhaus und du wirst alles machen, was die Ärzte dir sagen. Abgemacht?« Erwartungsvoll schaue ich sie an, aber sie zögert mit einer Antwort und sieht an mir vorbei. Ich rutsche auf ihren Schoß und greife nach ihren Händen. »Alexandra, ich brauche dich. Du bist der wichtigste Mensch für mich geworden und ich habe Angst, dass dir etwas zustößt. Bitte befolge den Rat der Ärzte und lass dich behandeln! Ich werde Marvin holen, damit er sich solange um die Agentur kümmert.« Mit großen Augen schaue ich sie an und hoffe inständig, dass sie einwilligt. »Komm, sag ja!«, fordere ich sie auf. Ihre Augen füllen sich mit Tränen. Ich nehme sie einfach nur in den Arm und drücke sie so fest es geht an mich.

Ein neuer Morgen beginnt und ich habe es mit viel Zureden geschafft, Alexandra im Krankenhaus abzusetzen. Ich bin so stolz auf sie und auch auf mich, dass wir endlich einen entscheidenden Schritt weitergekommen sind. Allerdings hat sie nur eingewilligt in der Klinik zu bleiben, wenn ich bis Ende der Woche Marvin erreicht habe und dieser bereit ist, in der Agentur auszuhelfen, bis Alexandra wieder ganz fit ist. Mit ihrem Audi RS 5 fahre ich daher direkt zu Marvins Wohnung und kann vor dem Haus einen Parkplatz ergattern. Aufgeregt drücke ich den Klingelknopf und hoffe, dass er zu Hause ist. Leider vergeblich. Geknickt steige ich wieder ins Auto und fahre zur Agentur. Dort ist bereits im Eingang die Hölle los und am Empfang sind alle dabei, den Ansturm zu bewältigen. Ich schlängele mich vorbei und entscheide mich die Treppe bis zum vierten Stock zu nehmen. Auf den Fahrstuhl werde ich heute wohl vergeblich warten müssen. Oben angekommen muss ich erst mal nach Luft schnappen.

»Moin Frau Cooper! Na, alles klar?« Freudig laufe ich auf sie zu und sie springt gleich von ihrem Stuhl auf. »Emilia! Haben Sie Neuigkeiten von Frau Marquardt? Geht es ihr besser?«, fragt sie anstandshalber nach. Da ich Alexandra versprechen musste, dass niemand von ihrem Zusammenbruch erfährt, halte ich mich, bis auf den Hörsturz, bedeckt. »Sie muss sich weiter schonen, aber sonst geht es ihr den Umständen entsprechend gut. Haben Sie Herrn Morgenstern bereits abgesagt?«

Frau Cooper schaut mich irritiert an und wirft einen Blick in den Terminkalender von Alexandra. In der ganzen Hektik ist ihr das untergegangen und ohne Marvin kann der Termin unmöglich stattfinden. Ich werfe einen Blick in Alexandras Büro und erstarre. Sie ist jetzt gerade mal zwei Wochen nicht hier und die Arbeit stapelt sich ins Unermessliche. Ich muss unbedingt Marvin finden. Hastig suche ich in meiner Tasche nach dem Handy und rufe ihn direkt an. Leider nimmt er nicht ab. Mist. Das ist ja auch die Nummer seines Geschäftshandys. Vermutlich wird er das Alexandra zurückgegeben haben, als er gekündigt hat. Was mache ich denn jetzt bloß? Wenn ich mich hier so umsehe, dann bekomme ich es wirklich mit der Angst zu tun. Plötzlich taucht Frau Schön auf. »Ich muss dringend Frau Marquardt sprechen. Wann ist sie denn wieder erreichbar?« Frau Cooper zuckt nur mit den Schultern und blickt zu mir. Um Ruhe zu bewahren, rede ich mit Frau Schön, kann ihr aber nicht weiterhelfen, da ich ihr Problem nicht lösen kann. In meiner Naivität sage ich ihr aber zu, mich darum zu kümmern. Um einen Überblick über die nächsten Termine und anstehenden Präsentationen zu bekommen, gehe ich mit Frau Cooper alles Weitere durch. Mein Kopf brummt und ich befürchte, dass ich diesem Druck nicht standhalten kann. Es wundert mich überhaupt nicht, dass Alexandra krank geworden ist. Aber alles, was jetzt zählt, ist, dass sie wieder ganz gesund wird. Dafür kämpfe ich jeden Tag.

Kurz vor Feierabend steht Anja im Vorzimmer und begrüßt mich freudig. »Hey liebste Freundin! Du hier?«, steht sie fragend vor mir. Ich stehe auf und wir umarmen uns ganz fest. »Sag mal, was ist denn mit deiner Frau Marquardt? Fällt sie länger aus?«

»Ja, vermutlich einige Wochen und ich versuche mich hier gerade durchzuwühlen und bin ehrlich gesagt ziemlich überfordert.« Dass Marvin gekündigt hat, weiß bereits die ganze Agentur. Ich bitte daher Anja mir dabei zu helfen, ihn zu finden. Ohne ihn können wir das unmöglich schaffen und Alexandra darf und will ich nicht fragen. Sie würde sofort die Behandlung abbrechen und in der Agentur erscheinen. Anja nimmt mich erneut in den Arm. »Na klar helfe ich dir. Dafür sind doch beste Freundinnen da.« Schmunzelnd steht sie vor mir und ich drücke sie noch mal zum Dank.

Nachdem wir die meisten Aufgaben besprochen haben, fahren Anja und ich nochmal zu Marvins Wohnung. Anja kann sich natürlich wieder einen ironischen Kommentar zum Auto von Alexandra nicht verkneifen. »Schon super die Kiste. Wie viel PS hat die denn?«

»Irgendwas um die 400«, sage ich gleichgültig.

»PS??! Um Gottes Willen. Ich glaube, ich lauf lieber«, gibt Anja ironisch zur Antwort. Ein Lachen kann ich mir nur schwer verkneifen und biege auch schon in die Straße von Marvins Wohnung.

Ich klingele einmal und nochmal und nochmal. Nichts. Verdammt! Ist der ausgewandert oder was? Anja schaut die Hauswand hinauf und vermutet, dass Marvin im Urlaub ist, da die Rollläden verschlossen sind. Ich versuche es daher bei einem seiner Nachbarn. Wir haben Glück. Die nette Frau bestätigt uns tatsächlich, dass Marvin für die nächste Zeit verreist ist. »Können Sie mir sagen, wo er hinwollte?« Aufgeregt warte ich auf eine Antwort. »Genau weiß ich es nicht. Aber ich vermute mal, dass er wieder an die Nordsee gefahren ist. Zumindest ist er dort meistens, wenn er Urlaub macht.« Ich schlage mir mit der Hand gegen die Stirn. An der Nordsee. Natürlich. Er wird bestimmt auf Föhr sein. Wo auch sonst. Ich bedanke mich bei der netten Frau und laufe mit Anja zum Auto zurück.

Wir müssen noch heute nach Föhr fahren. Ich habe nur noch ein paar Tage, um Marvin zu überreden, in der Agentur auszuhelfen, sonst kommt Alexandra zurück.

»Emilia? Du weißt aber schon, dass ich morgen arbeiten muss?!« Da Anja in der Agentur vermutlich besser aufgehoben ist, gebe ich mich geschlagen und setze sie zu Hause ab, bevor ich in der Penthouse-Wohnung noch ein paar Sachen zusammenpacke. Damit Alexandra keinen Verdacht schöpft, fahre ich noch rasch bei ihr vorbei.

Eilig laufe ich die Treppen in den zweiten Stock, bis ich endlich an ihrer Zimmertür angekommen bin. Mit geschlossenen Augen liegt sie im Bett. Die Infusionsflüssigkeit läuft in ihre Vene und sie wurde an einen Monitor angeschlossen, der vermutlich Herzschlag und Puls überwacht. Ich setze mich vorsichtig auf die Bettkante und streichele ihren Arm. Eine Schwester kommt herein und überprüft die Infusion. Weil Alexandra so schläfrig ist, frage ich besorgt nach. »Machen Sie sich nicht allzu große Sorgen. Frau Marquardt hat eine Beruhigungsspritze bekommen, damit sich ihr Körper richtig erholen kann«, klärt die Schwester mich auf.

»Ich muss für ein paar Tage verreisen und ...« Die Schwester unterbricht mich und legt ihre Hand auf meine Schulter. »Wir kümmern uns um sie. Und falls etwas ist, wir haben ja Ihre Nummer.« Ich nicke zustimmend, bin aber trotzdem verunsichert, ob ich Alexandra alleine lassen kann.

Kurz bevor ich gehen muss, blinzelt sie mit den Augen und greift nach meiner Hand. »Emi«, flüstert sie, »bist du schon länger hier?«

Ich setze mich wieder hin und drücke ganz fest ihre Hand. »Hey! Ungefähr eine Stunde, aber du hast ganz tief geschlafen.« Sie räuspert sich und versucht sich etwas aufzurichten, was ihr nicht gelingt. Zu schwach ist sie noch vom Beruhigungsmittel. »Die haben mir irgendetwas gegeben. Ich kann mich kaum bewegen«, kommt es schwerfällig aus ihr heraus. Mehrmals streichele ich ihr über die Wange und versuche sie zu beruhigen. »Du brauchst jetzt ganz viel Ruhe und sollst schlafen. Umso schneller bist du wieder gesund.«

»So ein Quatsch! Ich muss in die Agentur. Noch ein paar Tage und die Firma fährt gegen die Wand.« Vor

Angst, dass alles ins Kippen gerät, beuge ich mich über sie und schaue sie ernst an. »Du hast mir was versprochen. Wir sind jetzt schon ein ganzes Stück weiter und ich werde Marvin zurückholen. Alles andere regelt sich dann von selbst. Bitte gib mir noch etwas Zeit!«

»Ach Emi, wo willst du ihn denn suchen?!«

»Er ist vermutlich auf Föhr. Ich fahre heute Abend noch los.« Alexandra runzelt die Stirn und sieht mich mit offenem Mund an. »Emi, du fährt auf gar keinen Fall nach Föhr! Hörst du?!«

»Ich werde ihn finden und er wird uns helfen.« Auf einmal geht die Tür auf und die Schwester kommt herein und beäugt uns kritisch. »Was ist hier bitte los? Frau Marquardt, Sie dürfen sich nicht so aufregen. Ihr Puls ist viel zu hoch. Beruhigen Sie sich bitte!« Bekümmert sieht die Schwester zu mir rüber und bittet mich zu gehen. Alexandra bekommt erneut ein Mittel zur Beruhigung und schläft ganz ruhig ein und ich mache mich schweren Herzens auf den Weg nach Föhr.

Nach knapp vier Stunden Autofahrt fahre ich müde auf die Fähre und lehne mich im Sitz zurück. Mein Handy signalisiert mir eine SMS:

Anja:
Hey Emilia, wollte nur kurz
nachfragen, ob du schon da bist.
LG Anja 😉

Hey Anja,
bin gerade auf die Fähre gefahren.
Bin total erledigt.
Melde mich morgen bei dir.
Schlaf gut.
LG Emilia

Anja:
Warst du vorhin noch im
Krankenhaus? Wie geht es ihr denn?

Es geht so. Könnte besser sein …
LG 😉

Kurz vor 23 Uhr komme ich am Haus an und gehe direkt ins Schlafzimmer, wo ich sofort einschlafe.

Trotzdem bin ich am nächsten Morgen noch ziemlich fertig und schlurfe ins Bad, um zu duschen. Dann mache ich mich auf den Weg zur Promenade. Weil mein Magen knurrt, beschließe ich in der Milchbar mich erstmal mit einem kleinen Frühstück zu stärken. Mit direktem Blick auf die Nordsee kann man sich seinen Milchkaffee im Strandkorb schmecken lassen. Dazu gibt es Croissant, Brötchen, Marmelade, Wurst, Honig, Obstsalat und Joghurt, Krabbensalat und ein Stück Kuchen.

Eine Stunde später laufe ich Richtung Hafen. Erst jetzt fällt mir auf, dass ich überhaupt nicht weiß, wo ich Marvin suchen soll. Ich stütze meine Hände in die Hüfte und sehe in alle Richtungen. Die Insel ist durch die Urlaubszeit sehr überlaufen. Überall springen schreiende Kinder umher und genervte Eltern laufen wie Packesel zum Strand. Was mache ich denn jetzt bloß? Ich habe ja noch nicht mal ein Foto von Marvin, damit ich die Leute ansprechen könnte, ob sie ihn gesehen haben. Ich schnaufe aus und setze mich auf eine Bank. Immer mehr überkommt mich der Gedanke, dass das eine Schnapsidee gewesen ist, Marvin hier suchen zu wollen.

Ich springe auf und schaue gegen die Sonne. Geht nicht, gibt´s nicht! Ich muss Alexandra helfen und daher muss ich Marvin finden. Als Erstes werde ich zur Pitschi-Bar gehen und dort nachfragen.

Nach knapp 15 Minuten bin ich dort und wühle mich durch die vielen Menschen am Tresen. Zum Glück ist einer da, den ich auch kenne.

»Hey! Moin! Kann ich dich kurz was fragen?«, versuche ich seine Aufmerksamkeit zu bekommen. Der Kellner dreht sich um und beugt sich zu mir rüber. »Hast du Marvin gesehen? Marvin Hover. Der kommt doch öfter mit Alexandra hier her.«

»Ja klar kenne ich Marvin. Der war aber schon länger nicht hier. Wieso suchst du ihn denn?« Mist, das wäre ja auch zu einfach gewesen.

»Das ist eine längere Geschichte. Falls Marvin hier auftaucht, kannst du ihm dann bitte sagen, dass er mich anrufen soll?« Der Kellner holt Zettel und Stift und ich notiere ihm meine Handynummer. Ich bin froh, als ich wieder draußen bin und die frische Meeresluft einatmen kann. Sogar auf der Terrasse ist kein freier Sitzplatz mehr zu ergattern. Wahnsinn, was auf Föhr los ist. Da ich mich von der glitzernden Nordsee angezogen fühle, ziehe ich die Schuhe aus und laufe runter zum Strand. Das kühle Wasser an den Füßen ist eine Wohltat und das Schreien der Möwen Balsam für die Seele. Wie gerne wäre ich jetzt mit Alexandra hier. Zielstrebig laufe ich am Wasser entlang und halte überall Augen und Ohren offen, ob ich nicht doch zufällig Marvin entdecke. Leider vergeblich. Mit den Füßen im Wasser schaue ich in die Sonne, schließe meine Augen und spüre, wie meine Haare durch den Wind wehen. Die zulaufenden Priele überdecken immer wieder meine Füße mit Schlick und ist so angenehm wie eine kleine Massage. Schaumkrönchen säumen den Weg und mir steigen Tränen in die Augen. Schweratmend und die Lippen festaufeinander gepresst fange ich an zu weinen. Aus Verzweiflung, aus Angst, aus Unsicherheit und davor, was ich bereits aus lauter Besorgnis um Alexandra gemacht habe. Bis vor kurzem hätte ich mich niemals getraut alleine nach Föhr zu fahren und schon gar nicht mit so einem stark motorisierten Auto. Alleine in diesem großen Haus von Alexandra zu schlafen und an mich glauben zu können, dass ich das mit der Agentur schon irgendwie hinbekomme. Das alles macht mir große Angst, weil ich das eigentlich nicht bin. Ich wachse über mich hinaus, ohne dass ich vorher entscheiden kann. Die Situation ist so verfahren, dass dafür einfach keine Zeit bleibt.

Mein Handy unterbricht meine rotierenden Gedanken.

Anja:
Hey, liebste Freundin,
hast du Marvin schon
gefunden? Und wie ist das
Wetter auf Föhr? In HH hat
es sich leider etwas
zugezogen.

                    Moin, Anja, nein,
        Marvin habe ich noch nicht gefunden.
                Weiß ehrlich gesagt nicht,
                wo ich überhaupt suchen soll.
                Die Insel ist einfach zu groß.
                Er könnte ja überall sein.
                Aber das Wetter ist herrlich.
        Habe die ganze Zeit die Füße im Wasser.
                Wie läufts in der Agentur?

Anja:
Angeber!!! Komm
du mir nach Hause …
Ich drück dir die Daumen,
dass du Marvin schnell
findest. Wie es in der
Agentur aussieht, kannst
du dir ja sicher denken.
Die anderen haben auch
schon gefragt, wo Frau

Marquardt ist. Wir hatten
ja auch schon seit Wochen
kein Meeting mehr und
bekommen nichts mehr mit.
Naja, Hauptsache, das Gehalt
läuft weiter. Ich hoffe,
deine Frau Marquardt denkt daran …

> Rede nicht so über sie.
> Sie hat es wirklich schwer.
> Außerdem ist für Gehaltsthemen
> Frau Schön zuständig.

Anja:
Na, das Einzige, was dein
best girlfriend wirklich
schwer schleppen muss, das
ist die Kohle, die sie von
A nach B schiebt. Weißt
Du eigentlich, wie viel sie
tatsächlich besitzt? Der
Jahresumsatz der Agentur soll
sich ja im zweistelligen Millionen-
bereich bewegen. Zumindest stand
es so vor zwei Jahren in der Zeitung,
als wir zur größten Werbeagentur
Deutschlands gekürt wurden.

Meine Güte, Anja.
Das ist doch jetzt total unwichtig.
Woher soll ich denn bitte wissen,
wie viel Geld sie hat.

Anja:
Na, hör mal. Du lebst
doch schließlich mit ihr
unter einem Dach … ☺

Du spinnst.
Glaubst du ernsthaft,
ich wühle durch ihre Kontoauszüge??
Ich weiß nicht, wieviel Geld Alexandra hat
und es interessiert mich auch
ehrlichgesagt überhaupt nicht.
Können wir jetzt bitte das Thema wechseln?

Genervt lasse ich meinen Blick über die Nordsee schweifen und je länger ich über Anja nachdenke, umso mehr werde ich sauer. Manchmal habe ich das Gefühl, dass sie mich aushorchen will. Hoffentlich täuscht mich meine schwache Menschenkenntnis nicht und ich gehe ihr auf den Leim. Ob sie Kontakt zu Susan hat, weil sie mich ständig über Alexandra ausfragt? Ein mulmiges Gefühl macht sich in mir breit und ich versuche den Gedanken eilig beiseite zu schieben. Heute werde ich auf jeden Fall noch das *Klein Helgoland* ansteuern und auch beim kleinen Yachthafen nachfragen. Vielleicht hat man Marvin dort die Tage gesehen. Da ich kein Bild von ihm habe, versuche ich ihn so gut wie möglich zu beschreiben. Der Mann fällt definitiv überall auf. So gutaussehend und perfekt gebaut ist nur Marvin. Schwarzes, volles Haar, braune Augen, muskulös, immer leicht gebräunt und er ist mindestens 1,90 Meter groß. Wenn er einiges jünger wäre, könnte ich mich glatt in ihn verlieben. Nur beim Küssen hätten wir definitiv ein Problem. Da würden auch meine hohen Absatzschuhe keine große Hilfe sein. Ich muss schmunzeln und schüttele den Kopf. Was denke ich denn da. Er gehört zu Alexandra und das müssen die beiden endlich mal kapieren.

Da hier auch niemand Marvin gesehen hat und mir langsam die Füße wehtun, beschließe ich, bei Jola etwas zu essen. Nachdem ich mir den Sand von den Füßen gestrichen habe, gehe ich in das Restaurant und stelle geknickt fest, dass kein einziger Platz frei ist. Als ich mich umdrehen will, entdeckt mich Jola und winkt mich zu sich an den Tresen.

»Herzchen, hast du Hunger?« Ich nicke nur und sie zeigt auf einen kleinen Tisch, der von zwei Personen belegt ist. Kurzerhand kassiert sie die Gäste ab und ich habe einen Sitzplatz. Perfekt. Wenigstens auf Jola ist Verlass. Sie reicht mir die Karte und ich bestelle gleich eine Johannisbeersaft-Schorle. Weil ich so durstig bin, kippe ich das Glas zur Hälfte hinunter und lehne mich erschöpft zurück. Überall ist es so voll, aber bei Jola ist es *richtig* voll. Neue Gäste stehen bereits am Eingang und suchen nach einem Platz. Vergeblich, denn selbst im kleinsten Eck ist alles belegt, weswegen etliche Urlauber weiterziehen.

Ich habe in der Zwischenzeit die bestellte Portion Rührei mit Krabben vor mir stehen und versuche einfach nur zu genießen. Leider ist das nicht so leicht. Ständig muss ich an Alexandra und Marvin denken. Und an die Agentur. Anja macht mich auch etwas stutzig mit ihrer Ausfragerei. Zurückgeschrieben hat sie jetzt auch nicht mehr.

Vielleicht sollte ich nachher noch im Krankenhaus anrufen. Womöglich bin ich zwischendurch im Funkloch und man kann mich nicht erreichen. Wieder macht sich ein ungutes Gefühl in mir breit. Ich winke Jola heran, damit ich bezahlen kann und krame in meiner Tasche den Geldbeutel hervor.

»Na, hat es dir geschmeckt?«, will sie freudestrahlend wissen.

»O, ja, sehr gut. Wie immer.« Ich streiche mir über den Bauch und atme laut aus.

»Bist ganz alleine hier? Was macht blonde Freundin? Geht es ihr besser?« Meine Blicke wandern zwischen Jola und den Gästen hin und her und ich überlege, ob ich mich nicht ihr anvertrauen soll. Jola reicht ihrem Mitarbeiter das Tablett und bittet ihn die freigewordenen Tische abzuräumen, ehe sie sich zu mir runter beugt.

»Herzchen, was hast du denn? Siehst traurig aus.« Ich vergrabe mein Gesicht hinter meinen Händen, als ich spüre, wie mich Jola am Arm nimmt und hinter sich herzieht. Wir gehen nach draußen und sie steht besorgt vor mir.

»Also, wo ist blonde Freundin?« Ihr polnischer Akzent sticht immer wieder hervor, was sie noch sympathischer macht. Ihre blonden, kurzen Haare schimmern in der Abendsonne und ihre Halskette funkelt mit dem Licht um die Wette.

»Alexandra liegt im Krankenhaus. Sie hatte einen Hörsturz und muss sich für mehrere Wochen schonen. Außerdem soll sie noch zur Kur. Aber wie du dir ja sicherlich denken kannst, ist sie davon nicht begeistert, sondern will lieber da wieder weitermachen, wo sie aufgehört hat.« Meine Stimme zittert, so aufgeregt bin ich, dass ich mich endlich mal jemandem anvertrauen kann und von dem ich mir auch Unterstützung erhoffe - und sei es nur mental. In kurzen Sätzen erzähle ich ihr, dass ich dringend Marvin finden muss und er sich womöglich hier auf der Insel befindet.

»Wer ist dieser Marvin?«, fragt Jola offenbar ehrlich interessiert, obwohl ihr Blick immer wieder zu ihren Gästen schweift.

»Du wirst ihn vermutlich nicht kennen. Wenn er hier war, dann ist er meistens mit Alexandra im *Alt Wyk* oder so gewesen.«

»So, so. Noch so einer, der Michelin-Sternchen bevorzugt, nur dass man davon nicht satt wird.«

Ich stocke kurz, bevor ich weiterrede. »Er ist Alexandras ganz große Liebe. Sie trägt aber ein Geheimnis mit sich herum, wovon Marvin nichts weiß. Deshalb können sie sich gar nicht richtig lieben. Immer will der eine auf den anderen Rücksicht nehmen und dass die beiden mal miteinander reden würden, gestaltet sich sehr schwierig.« Ich verziehe meinen Mund und hoffe, dass mir Jola hilft.

Sie legt ihren Kopf zur Seite und sieht mich schmunzelnd an. Ich wende meinen Blick ab und versuche meine Tränen zu unterdrücken, was mir allerdings nicht gelingt. Zu viel hat sich angestaut und die Angst, Marvin nicht zu finden, macht mich fertig. Jola nimmt mich in den Arm und streicht mir über den Rücken, so, wie es Alexandra immer macht, wenn ich traurig bin.

Ich schniefe leise und putze mir die Nase, bis auf einmal Jola etwas einfällt.

»Ich erinnere mich gerade daran, dass die Tage Jonke von einem Urlauber erzählt hat, der bei ihnen die kleine Kate für zwei Monate gemietet hat. Vielleicht ist das Marvin.«

Meine Augen werden groß und ich habe endlich einen kleinen Funken Hoffnung. »Und wo kann ich diesen Jonke erreichen?«, frage ich aufgeregt. Jola winkt ab und meine Freude wird ein kleines bisschen getrübt.

»Das ist jetzt schwierig, Herzchen. Jonke wohnt auf einer Hallig, auf Hooge. Er hat keinen Telefonanschluss und Handy hat er aus meistens. Du musst warten bis morgen früh. Dann er kommt mit seinem Fischkutter an den Hafen«, erklärt sie mir.

»Aber ich muss doch jetzt etwas tun! Ich kann doch unmöglich bis morgen warten!« Aufgeregt drehte ich von einem Fuß auf den anderen, als Jola von ihrem Mitarbeiter einen Wink bekommt. Da das Restaurant immer noch überfüllt ist, bringt Jola ihren Gästen das Essen zum Tisch. Meine Unruhe wird immer größer und ich stehe kurz vor einem Nervenzusammenbruch. Ob es wirklich Marvin ist? Nachdem Jola noch einzelne Tische abkassiert hat, tritt sie wieder an meine Seite.

»Herzchen! Du gehst jetzt nach Hause und versuchst zu schlafen.« Mit schüttelten Kopf stehe ich vor ihr und versuche sie von diesem Gedanken abzubringen. Sie ergreift meine Arme und sieht mich eindringlich an.

»Du jetzt das machen, was ich sage. Und morgen früh, um Punkt 5 Uhr, am Hafen sein. Kutter heißt Wiebke. Er legt ganz rechts am Becken an. Sei pünktlich, sonst verpasst du ihn.« Ich wische mir weitere Tränen aus dem Gesicht und umarme Jola, bevor ich mich auf den Weg zum Haus mache.

Bevor ich ins Haus gehe, wähle ich noch schnell die Nummer vom Krankenhaus, damit ich weiß, ob mit Alexandra soweit alles in Ordnung ist. Zum Glück bestätigt mir die Schwester, dass ich mir keine Sorgen machen muss und ich gehe erleichtert hinein.

Müde liege ich auf dem großen Bett und tippe noch schnell eine Nachricht an Anja.

Hey, Anja, es könnte sein,
dass ich eine heiße Spur habe.
Jola kennt jemand, bei dem vielleicht Marvin ist.
Morgen früh um 5 muss ich am Hafen sein.
Da fährt er mit seinem Fischkutter ein.

Drück mir die Daumen, dass es wirklich Marvin ist.
Mir rennt die Zeit davon.
Schlaf gut.

Anja:
Hey, liebste Freundin,
das hört sich doch gut an.
Endlich mal etwas Positives.
Ich habe leider keine guten
Nachrichten. Frau Cooper ist
am Rotieren und ich habe
mitbekommen, dass es mit der
Firma Shape Drive aus München
Probleme gibt. Was sollen wir
jetzt machen? Soll ich nicht
doch mal bei Frau Marquardt
vorbeigehen, wenn du jetzt
auf Föhr festhängst?
LG

Mir stockt der Atem und ich bin jetzt überhaupt nicht in
der Verfassung, mich noch diesen Problemen zu widmen.
Hastig tippe ich in mein Handy.

Auf gar keinen Fall darf Alexandra davon erfahren!
Hörst du???????????????
Wir bekommen das schon irgendwie hin.
Von morgen hängt alles ab.

Vielleicht ist es wirklich Marvin
und alle Probleme lösen sich in Luft auf.
Ich melde mich bei dir.
Und kein Wort zu Niemanden!!!!

Anja:
Meine Güte! *Ein* Fragezeichen
hätte völlig gereicht.
Ich tue deiner Marquardt ja
nichts. Ich glaube aber nicht,
dass sie davon
begeistert wäre, wenn der
Auftrag mit Shape Drive platzt
und sie eine saftige Konventionalstrafe zahlen muss!! Nur so
mal am Rande …

Warum denn bitte
eine Konventionalstrafe?
Bist du verrückt?

Anja:
Ich sage nur, wie es ist!!
Die haben schon mal eine
Agentur verklagt, weil die
nicht fristgerecht geliefert
hatten. Die Strafe soll sich
auf Millionenhöhe belaufen

haben!!! Ich verstehe ja,
dass du Frau Marquardt schonen
willst, aber du kannst sie
nicht vollkommen abschotten.
Wir brauchen sie hier oder
zumindest Herrn Hover. Wir
hören uns morgen. Melde dich
bitte sofort, wenn du dich
mit diesem Kutterfritzen
unterhalten hast! Das wird
mit Sicherheit so ein alter
Kerl sein, der ausschließlich
nach Fisch stinkt.
Viel Spaaaaaaaaaß!!!!

Jetzt ist mir richtig schlecht. Konventionalstrafe? Millionenhöhe? Ich schlage mir die Hände vors Gesicht und versuche, so ruhig wie möglich zu atmen. Immer mehr habe
ich das Gefühl, alles falsch zu machen. Ich glaube, das ist
alles eine Nummer zu groß für mich. Oder besser gesagt,
zehn Nummern zu groß. Erschöpft und voller Angst lege
ich mich zurück aufs Bett und schicke Alexandra eine
SMS. Ich weiß ja, dass sie meine Nachricht im Moment
nicht lesen kann. Die Schwester hat ihr das Handy weggenommen und das war mal eine Entscheidung, die schon
längst hätte getroffen werden müssen. Trotzdem muss ich
ihr schreiben, weil ich sonst anfange durchzudrehen.

Liebe Alexandra,
jetzt bin ich hier auf Föhr und habe
von Jola einen Tipp bekommen.
Vielleicht kann ich morgen schon
mit Marvin sprechen und dann wird er uns helfen.
Mach dir keine Sorgen!
Wir schaffen das.
Ich bin unglaublich stolz auf dich,
dass du dich endlich schonst und dich
behandeln lässt.
Pass auf dich auf!
Ich drück dich aus der Ferne
und schicke dir tausend Küsschen.
LG Emi ☺

Alexandra

Das Piepsen vom Überwachungsmonitor macht mich langsam aber sicher wahnsinnig. Ständig pumpt sich die Blutdruckmanschette auf und drückt meinen Oberarm schmerzhaft zusammen. Ich fühle mich so elend und will einfach nur noch weg von hier. Ob Emilia wirklich nach Föhr gefahren ist? Auch dieser Gedanke lässt mich nicht ruhiger werden. Ich mache mir Sorgen um sie. Sie will mir an allen Ecken und Enden helfen und ist damit total überfordert. Müde hat sie ausgesehen und ihre Augen haben ihre Angst verraten. Wenn sie Marvin bis Ende dieser Woche nicht auftreiben kann, muss ich die Behandlung abbrechen. Emilia habe ich versprochen, bis dahin zu warten. Nicht länger. Es wäre unverantwortlich, wenn ich weiter hierbleiben würde. Meiner Agentur gegenüber und vor allem gegenüber Emilia. Auf keinen Fall will ich, dass sie in den gleichen Sog wie ich hineinkommt und von früh morgens bis spät in die Nacht arbeitet. Niemals werde ich das zulassen. Und wenn es das Letzte ist, was ich tue.

Meine Gedanken werden durch ein Klopfen unterbrochen. Irritiert sehe ich zur Tür und traue meinen Augen nicht.

»Hallo, Frau Marquardt!«

»Frau Cooper! Was machen Sie denn hier? Gibt es Probleme in der Agentur?«, frage ich besorgt. Sie tritt mit einem großen Blumenstrauß und einem Korb auf mich zu und legt alles auf der Bettdecke ab. Ich beobachte, wie sie sichtlich verunsichert die Blumenvase der Schwester in Empfang nimmt. Aus ihrem Korb holt sie eine Schüssel mit Obst heraus und stellt diese auf meinen Nachttisch. Ich versuche mich kraftlos am Triangel-Haltegriff etwas aufzurichten und erblicke Bananen, Orangen, Äpfel, Kiwis und Kirschen. Der Blumenstrauß mit weißen Rosen und Schleierkraut riecht fantastisch. Selbst von diesem kurzen Moment bin ich schon erschöpft und lasse mich wieder langsam nach hinten gleiten. Frau Cooper setzt sich auf einen Stuhl neben mich und sieht mich besorgt an.

»Ihnen geht es nicht gut, oder?«

»Nein, mir geht es ehrlich gesagt beschissen und ich weiß nicht, wie lange das hier noch gehen soll. Wie läuft es in der Agentur?« Unruhig versuche ich Frau Coopers Augen zu fixieren. Diese senkt allerdings den Kopf und ich spüre, dass sie nicht nur privat hier sein muss.

»Ich finde es jetzt unangebracht mit Ihnen über die Probleme in der Agentur zu sprechen, wenn es Ihnen so schlecht geht, aber alle rennen mir die Tür ein und ich kann einfach gewisse Dinge nicht entscheiden.« Sie reibt sich ihre Hände und schiebt sie zwischen ihre Oberschenkel. Ihre Unsicherheit steht ihr noch immer ins Gesicht geschrieben.

»Frau Cooper, ich bin die Inhaberin dieser Agentur und ich werde zwangsläufig sowieso mit den Vorfällen konfrontiert. Also?« Langsam bekomme ich es mit der

Angst zu tun, weil ich seit einiger Zeit nicht mehr weiß, was sich in meiner Agentur abspielt.

»Die Firma Shape Drive macht Probleme. Wir konnten den Termin nicht einhalten und jetzt droht man uns mit einer Konventionalstrafe!«

Ich versuche mich erneut aufzurichten und kann nicht glauben, was ich eben vernommen habe. »Bitte was?! Das ist jetzt nicht wahr!« Entsetzt sehe ich Frau Cooper an, die mit den Tränen kämpft und unruhig auf dem Stuhl hin und her rutscht. »Was hätten wir denn tun sollen? Herr Hover ist ja auch nicht da!«

So aufgewühlt habe ich Frau Cooper noch nie erlebt. Es geht ihr offenbar an die Nieren. Um das Fehlen von Marvin zu entschuldigen, erkläre ich ihr, dass er gekündigt hat. Sie schlägt die Hände vors Gesicht und schüttelt mehrmals ungläubig den Kopf.

»Das können wir unmöglich alleine schaffen und diese Frau Maibach, die den Platz von Frau Hauck eingenommen hat, fehlt auch mehr, als dass sie da ist.«

»Frau Maibach befindet sich noch in der Probezeit. Die Kündigung geht morgen raus. Solche Mitarbeiter dulde ich in meiner Agentur nicht. Und was das Thema Shape Drive angeht – ich bin morgen wieder da und kläre das.«

Frau Cooper sieht mich mit großen Augen an. »Wirklich, Frau Marquardt? Aber Sie sind doch krank. Frau Maier wird mir den Kopf abreißen, wenn sie erfährt, dass ich schuld daran bin, wenn Sie sich nicht schonen und vorzeitig das Krankenhaus verlassen.«

»Keine Widerrede! Ich bin morgen wieder in der Agentur und kümmere ich mich auch um Shape Drive. Notfalls muss ich eben nach München fahren.«

Eigentlich weiß ich überhaupt nicht, wie ich das machen soll, so schwach wie ich bin, aber ich habe keine andere Chance. Ich kann nicht länger auf Marvin warten und ich möchte auch nicht, dass Emilia auf Föhr bleibt. In der Agentur wäre sie mir eine große Hilfe.

Nachdem sich Frau Cooper verabschiedet hat, kommt die Schwester mit den Medikamenten für den Abend herein. Ich mustere sie streng und würde am liebsten gleich aufbrechen. Irgendwie muss ich an meine Tabletten kommen, damit ich die nächsten Tage überstehe. Zumindest solange, bis ich die Agentur wieder auf klarem Kurs habe.

Die Schwester beäugt den Monitor mit runzelnder Stirn. »Hat Ihr Besuch Sie aufgeregt? Ihr Puls ist mal wieder viel zu hoch!«

Ich schnaufe unüberhörbar aus, weil ich dieses Krankengetue nicht leiden kann. »Lassen Sie bitte meine Entlassungspapiere fertigmachen. Ich werde morgen gehen.« Entsetzt sieht mich die Schwester von der Seite an, während sie den Infusionsschlauch überprüft.

»Frau Marquardt, das Thema hatten wir doch schon. Sie müssen sich weiter schonen und sollten in Überwachung bleiben.« Mein Blick verfinstert sich und ich könnte vor Wut überschäumen, nur dass mir dazu letztendlich die nötige Kraft fehlt. »Was verstehen Sie an meinem Satz nicht?«, frage ich so ruhig wie möglich.

»Ich glaube, Sie verkennen den Ernst der Lage. Besprechen Sie das bitte morgen mit dem Professor! Dann sehen wir weiter.«

Die Schwester legt meinen Bauch frei und verabreicht mir erneut eine Thrombosespritze. Meine Bauchdecke ist bereits durch das mehrmalige Spritzen unschön blau und die Einstiche schmerzen jedes Mal aufs Neue. In ihrem Beisein muss ich noch zwei Tabletten wegen meines Hörsturzes einnehmen und eine weitere Kapsel, die mir in den Schlaf hilft. Dann ist sie auch schon wieder verschwunden und ich verspüre leichte Angst, dass ich mir nun doch das Genick brechen könnte. Aber ich habe keine andere Wahl. Es geht um meine Agentur. Nur das zählt. Nach kurzer Zeit merke ich, wie meine Augen schwer werden und ich langsam in den Schlaf gleite.

Emilia

Ich stehe barfuß am Strand und blicke in die Morgensonne. Die warmen Sonnenstrahlen wärmen ganz zart mein Gesicht. Es ist herrlich so früh am Morgen, wenn noch alles schläft und nur das leise Wellenrauschen und die Klänge der Möwen zu hören sind. Von weitem kann ich bereits ein Boot erkennen. Es ist Marvin, der mir zuwinkt und mein Herz schlägt mir bis zum Hals. Ich liebe ihn und ich weiß, dass er die gleichen Gefühle für mich hat. Ihn werde ich heiraten und ganz viele Kinder bekommen. Ein Haus am Strand werden wir kaufen, in dem wir jeden Abend den Sonnenuntergang genießen werden.

Marvin legt am Steg an, springt schwungvoll von Deck und läuft in meine Richtung. Wir fallen uns in die Arme und er legt seine Hand auf meine Wange. Seine Lippen treffen auf meine und wir küssen uns innig. Mit seiner Hand fährt er unter mein Shirt und streichelt sanft meine Haut. Eine Gänsehaut überkommt mich, bis ich eine weitere Hand auf meiner Schulter verspüre! Ich drehe mich um und erschrecke.
»Hallo Emilia!« `

»Alexandra????« Ich versuche zu schreien, bekomme aber kein Wort raus!

   »NEEEEEEEEIIIIIIIIIIIIIIIIIIIIIN!!!!!!«

Ich schrecke hoch und merke, dass ich das alles nur geträumt habe. Mit der Hand greife ich an meine schweißnasse Stirn und lasse mich zurück ins Bett fallen. Was für ein Blödsinn. Warum träume ich so einen Scheiß?! Ich starre an die Decke und versuche meinen Traum Revue passieren zu lassen. Der Kuss war wunderschön. Das muss ich ehrlich zugeben. Erschrocken greife ich nach meinem Handy. 4.30 Uhr. Ich muss los!

Schnell ziehe ich mir meine Klamotten an, die ich gestern schon zurechtgelegt habe, nippe an einer Tasse Kaffee und mache mich direkt auf den Weg zum Hafen. Diese Uhrzeit ist definitiv nichts für mich. Unsicher tapse ich durch den Sand und meine Schritte werden mal zu mal schneller, so ungeduldig werde ich auf den letzten Metern. Kurz nach fünf. Ganz außer Puste komme ich am Hafen an und kann die vielen Fischkutter bereits erkennen, während ich die Straßenseite überquere. Ich wische mir mit dem Ärmel den Schweiß von der Stirn. Von dem schnellen Laufen habe ich Seitenstechen bekommen und drücke mir daher gegen die Leiste, in der Hoffnung, dass der Schmerz schnell wieder nachlässt. Ungeduldig laufe ich die einzelnen Fischkutter ab, aber eine *Wiebke* kann ich nicht erkennen. *Budjadingen, Edde, Erna, Eltje, Beke, Stine.* Ich laufe weiter am Hafenbecken entlang, bis ich am letzten Kutter angelangt bin. Keine *Wiebke* weit und breit. Das kann doch nicht sein! Verdammt! Habe ich ihn etwa verpasst?! Es ist jetzt gerade mal zehn nach fünf! Angst steigt in mir wieder auf. Angst, die mich verunsichert und mich in meiner Handlung hemmt. Ich atme einmal schwer aus und setze mich auf eine Bank, die unweit von mir steht. In dem Moment kann ich einfach nicht anders und lasse meinen Tränen freien Lauf. Das war`s jetzt wohl. Ich kann nicht mehr. Ich werde zurück nach Hamburg fahren und versuchen, so viel wie möglich in der Agentur zu helfen, bis Alexandra wieder richtig gesund ist.

»Moin, min Deern!« Ein älterer Herr mit vollem Bart lässt sich neben mir nieder und schiebt den Tabak in seiner Pfeife nach. Der süßliche Duft steigt mir in die Nase und ich muss unweigerlich niesen. Der Mann klopft mir auf die Schulter und schmunzelt nur, bevor er seinen Blick wieder auf das vor uns liegende Wasser richtet. Meine restlichen Tränen wische ich mir aus dem Gesicht und blinzele ihn ungläubig an.

»Was ist passiert, min Deern?« Ich kicke eine kleine Muschel, die vor meinen Füßen liegt, hin und her, bevor ich dem Mann mein Problem erkläre. Dieser räuspert sich und fährt sich mit seinen Händen durch den Bart.

»Du meinst sicherlich Jonke, nicht wahr?« Ich nicke wie elektrisiert und hoffe, dass doch noch nicht alles so hoffnungslos ist, wie es scheint.

»Nach *Wiebke* kannst du heute lange Ausschau halten, min Deern. Jonke ist heute mit *Edde* eingelaufen. Die *Wiebke* ist schon ein altes Mädchen. Das kann nicht mehr so wie früher, wenn du verstehst, was ich meine.«

Edde? Ich glaube den Namen habe ich vorhin gelesen. Das muss der zweite oder dritte gewesen sein! Ich springe auf und laufe zu den Kuttern, aber der Platz der *Edde* ist leer! Hastig blicke ich mich um und kann einen Kutter weiter draußen erkennen. Ich renne so schnell ich kann am Hafenbecken entlang und rufe aus lauter Verzweiflung nach einem wildfremden Mann. »JOOOOOONKE!! JOOOOOONKE!!« Er hört mich nicht. Der Motor des Kutters ist zu laut. Schnaufend blicke ich auf die Nordsee hinaus und halte mir die Stirn. Jetzt ist alles aus. Das war meine letzte Chance. Ich muss der Tatsache ins Auge blicken. Als ich meinen Blick vom Kutter abwenden will, sehe ich, dass er zum Stehen kommt. Eine Gänsehaut überzieht meinen Körper. Er bleibt tatsächlich stehen. Ich erschrecke, als ich auf meiner Schulter eine Hand verspüre und drehe mich geistesgegenwärtig um. Alexandra? Vor lauter Erleichterung schnaufe ich unüberhörbar aus. Es ist der ältere Herr, der mit seinem Handy vor mir steht.

»Tsja, min Deern. Für sowas ist die Technik schon gut. Jonke hätte dich so nie gehört. Er dreht um, dann kannst du ihn fragen.« Ich springe dem Herrn um den Hals und drücke ihn aus lauter Dankbarkeit. Meine Augen werden feucht und ich laufe *Edde* hoffnungsvoll entgegen.

Als ich direkt vor dem Kutter stehe und nach Jonke Ausschau halte, kann ich nach kurzer Zeit jemanden erkennen, der aus dem Führerhaus herauskommt. Das ist ja gar kein alter Mann. Der ist ja höchstens dreißig!

»Moin, wo brennt`s denn, dass ich extra umdrehen muss?« Mit offenem Mund stehe ich vor ihm und schaue ihn erst mal nur an. Wow! Was wird das denn hier? Ist das versteckte Kamera? Noch ganz irritiert räuspere ich mich, bevor ich mich erkläre. »Entschuldige bitte, aber ich suche

Marvin. Kann es sein, dass er bei dir ist? Ich muss das wissen, weißt du? Es geht um alles und er muss einfach bei dir sein, weil das nicht anders sein darf. Ich muss ihn umgehend finden. Er muss nach Hamburg. Ganz dringend. Verstehst du das?« Hektisch stehe ich vor dem gutaussehenden, jungen Mann und hoffe, dass er mir helfen kann. Der lächelt allerdings nur ziemlich blöd und schüttelt den Kopf. »Redest du immer so viel?«

»Hä? Hast du nicht verstanden was ich gesagt habe? Ich muss das wissen! Jetzt! Sofort!« Ungeduldig trete ich von einem Bein auf das andere und sehe ihn wie versteinert an.

»Also, schöne Frau. Zuerst verrätst du mir mal deinen Namen.«

»Maier.«

»Maier. Hast du vielleicht noch einen Vornamen?«

»Emilia! Das tut doch jetzt überhaupt nicht zur Sache!« Langsam werde ich echt sauer. Ich habe keine Zeit mehr und der hat nichts anderes zu tun, als nach meinem Vornamen zu fragen. Statt mir *meine* Fragen zu beantworten, fängt er wieder an zu lachen und schüttelt mit dem Kopf.

»Was gibt es denn da zu lachen? Ist Marvin jetzt bei dir oder nicht?« Der junge Mann beugt sich zu mir runter und grinst mich an.

»Wenn du Herrn Hover meinst, der wohnt bei uns in der Kate.«

»JA!! Das ist Marvin!« O, mein Gott! Ich hab ihn gefunden! Jetzt wird alles gut. Vor Erleichterung schaue ich zum Himmel und lege die Fäuste auf meinen Brustkorb.

Hat sich meine Fahrt nach Föhr also doch gelohnt. Ohne groß zu überlegen, greife ich nach der Hand des jungen Mannes und steige auf den Kutter. Dieser steht jetzt ganz dicht vor mir und ich drücke ihm vor Freude einen Kuss auf die Wange.

»Was wird das jetzt hier?« Fragend steht er vor mir und ich schlängele mich an ihm vorbei.

»Du musst mich zu ihm bringen! Das ist doch klar! Wir dürfen jetzt keine Zeit mehr verlieren! Es geht um alles!«

»Ja, das habe ich mittlerweile auch begriffen. Nur, du bist hier auf Föhr. Da laufen die Uhren etwas langsamer. Wo kommst'en überhaupt her?«

»Aus Hamburg«, antworte ich stolz. Er runzelt die Stirn und sieht mich irritiert an.

»Bist du seine schwierige Bekanntschaft?« Er kann damit nur Alexandra meinen. Aber das würde ja bedeuten, dass Marvin darüber gesprochen hätte.

»Hat er davon erzählt?«, frage ich neugierig.

»Mir nicht, aber Annemarie vom Friesenpesel. Dort hat er sich ziemlich volllaufen lassen. Wenn du mich fragst, hat der Mann ein richtiges Problem.«

Marvin muss wirklich verzweifelt sein, wenn er seinen Schmerz im Alkohol ertränkt. In diesem Zusammenhang muss ich an meine Mutter denken, die schon in meiner Kindheit sehr oft über ihren Durst getrunken hat und keinen Ausweg mehr fand. Auch Alexandra hat so ihre Erfahrung damit gemacht. Zum Glück hat sie bisher nie so viel getrunken, dass sie von diesem Zeug abhängig geworden ist wie meine Mutter. Zumindest nicht vom Alkohol. Ich bin in mich gekehrt, als Jonke mit seinen Fingern vor meinem Gesicht schnippt. »Hallo? Bist du jetzt diese Bekanntschaft oder nicht?«

»Nein, natürlich nicht. Der ist doch viel zu alt für mich«, halte ich dagegen. »Können wir jetzt los? Ich muss Marvin sofort sprechen.«

»So einfach ist das nicht. Ich habe noch eine weitere Tour und kann daher erst gegen Mittag auf der Hallig sein.«

Ich glaube mich verhört zu haben und poche nochmal auf die Dringlichkeit. Leider ist Jonke von seinem Vorhaben nicht abzubringen und so fahren wir in einer Seelenruhe auf die Nordsee hinaus. Ich könnte durchdrehen. Weil ich jetzt aber nichts daran ändern kann, versuche ich die Spannung abfallen zu lassen und gehe mit Jonke ins Fahrerhaus. Damit ich weiß, was mich auf Hooge erwartet, löchere ich ihn, wie es sich dort lebt. Gerade mal 105 Einwohner zählt die Insel und ist die zweitgrößte der zehn Halligen im schleswig-holsteinischen Wattenmeer. Also alles sehr übersichtlich und bescheiden. Man würde dort im Einklang mit der Natur leben.

Gegen halb eins sind wir endlich auf der Hallig Hooge und Jonke legt den Kutter an. Aufgeregt springe ich mit seiner Hilfe auf den Steg. Ich halte mir die Hand vor die Stirn und lasse meinen Blick in alle Richtungen schweifen. Hier ist wirklich nichts los. Unfassbar. Ein paar

Schafe weiden oberhalb des Weges, das war es auch schon. Ich habe das Gefühl, meinen Herzschlag zu hören, weil es hier so ruhig ist. Wahnsinn. Das wäre der richtige Ort für Alexandra, um vollständig gesund zu werden. Aber jetzt muss ich erst mal mit Marvin sprechen.

»Und? Wo ist diese Kate?« Jonke zeigt mir die Richtung und ich laufe in schnellen Schritten los. Am liebsten wäre ich gerannt, aber ich bin heute vor lauter Aufregung total erledigt und werde nur noch ins Bett fallen. Ach du Scheiße! Wie komm ich denn hier wieder weg?! Egal. Das kläre ich später.

Nach ein paar hundert Metern komme ich an der Kate an. Ein kleines reetgedecktes Häuschen mit Spitzengardinen. Schon lustig, wenn ich mir vorstelle, dass hier Marvin wohnen soll. Er ist ja doch ziemlich modern eingerichtet. Soviel weiß ich von Alexandra. Ich suche nach einer Klingel, kann aber keine finden. Daher klopfe ich mit dem Türklopfer und hoffe, dass Marvin da ist. Nichts. Wieder nichts. Dieser Mann treibt mich in den Wahnsinn! Das gibt es doch nicht. Ich muss zurück zu Jonke. Er kann mir vielleicht weiterhelfen.

Zurück an Jonkes Elternhaus, das sehr imposant im Gegensatz zu den anderen Häusern erscheint, treffe ich ihn beim Zaunreparieren an. »Marvin ist nicht da. Kannst du mir sagen, wo ich suchen soll?« Unruhig warte ich auf eine Antwort. Er streicht den Pinsel an einem Stück Papier ab und schmunzelt mich an.

»Woher soll ich das wissen? Vielleicht ist er wieder im

Friesenpesel. Aber keine Angst. Weit kann er nicht kommen. Zumindest nicht ohne Boot.« Nachdem er fertig ist mit Grinsen, widmet er sich wieder seinem Zaun und ich stehe blöd rum. »Und wo ist bitte dieser Friesen-Dingsda? Kannst du mir das vielleicht noch verraten?«

Freundlicherweise erklärt mir Jonke den Weg und da es hier wirklich keine großen Entfernungen gibt, habe ich das Restaurant in kürzester Zeit auch gefunden.

Hoffnungsvoll reiße ich die Tür auf und gehe direkt zum Tresen, da ich an keinem der Tische Marvin erblicken kann.

Der nette Mann hinter dem Tresen kennt Marvin, was mich jetzt nicht wirklich verwundert, bei den paar Gästen. Heute habe er ihn allerdings noch nicht gesehen. Geknickt trete ich wieder vor die Tür und krame mein Handy hervor. Mit Entsetzen stelle ich fest, dass ich keinen Empfang habe und auch mein Akku bald den Geist aufgeben wird. Verdammt! Ich habe kein Ladekabel eingesteckt. Wie auch! Ich konnte ja schlecht wissen, dass ich hier feststecken werde. Jonke fährt heute zumindest nicht mehr zurück. Wo ich heute Nacht schlafen werde, weiß ich auch noch nicht. Aber viel schlimmer ist doch, dass ich nicht im Krankenhaus anrufen kann. Hier muss es doch für Notfälle irgendwo ein Festnetz geben. Ich laufe zu Jonke zurück, der immer noch mit seinem dämlichen Zaun beschäftigt ist. Als er mich sieht, wischt er sich die Hände ab und schmunzelt erneut.

»Und, hast du deinen Marvin gefunden?«

»Das ist nicht mein Marvin. Der gehört zu Alexandra. Aber nein, leider habe ich ihn auch dort nicht angetroffen. Dann werde ich wohl bis heute Abend warten müssen. Irgendwann wird er schon auftauchen. Er muss ja schließlich irgendwo schlafen. Wobei wir beim Thema wären. Könnte ich für eine Nacht bei dir bleiben?«

»Wenn es sein muss, dann kannst du die kleine Mansarde unterm Dach haben. Unsere Kate ist ja vermietet, wie du weißt.«

Dann wäre das zumindest geklärt. Jonke hat mich zu einem Abendessen bei seinen Eltern eingeladen und eigentlich hat mich nur der Hunger dort hingetrieben, weil meine Gedanken ohnehin ständig zu Alexandra und Marvin abschweifen.

Kurz vor zwanzig Uhr mache ich mich noch mal zur Kate auf und klopfe wie wild an die Tür. Nichts. Das gibt es doch nicht. Ist Marvin vielleicht gar nicht mehr auf der Insel? Völlig verzweifelt gehe ich wieder zurück und lege mich erschöpft ins Bett. Mein Handy hat sich mittlerweile auch verabschiedet, da der Akku aufgebraucht ist und das Aufladekabel von Jonkes Handy nicht passt. Jetzt kann ich nicht mal mehr im Krankenhaus anrufen und Jonke hat tatsächlich keinen Festnetzanschluss. Dass es so etwas noch gibt.

Erschöpft muss ich irgendwann eingeschlafen sein. Ein unbekanntes Geräusch weckt mich. Ich strecke mich bis in die Fingerspitzen und muss feststellen, dass ich schon lange nicht mehr so gut geschlafen habe. Hier herrscht tatsächlich eine unheimliche Ruhe. Ich ziehe mich rasch an und gehe nach unten in die Küche. Dort ist Jonkes Mutter damit beschäftigt, den Frühstückstisch abzuräumen. Tatsächlich ist man hier schon sehr zeitig auf und ich habe das Frühstück anscheinend verschlafen. Jonkes Mutter reicht mir aber eine Tasse Tee mit Kluntje und bittet mich am Tisch Platz zu nehmen. Sie erklärt mir auf meine Nachfrage, dass Jonke bereits wieder mit dem Kutter unterwegs ist.

Hastig schlinge ich das selbstgebackene Brötchen hinunter und trinke meinen Tee leer, der angenehm süß nach Himbeeren schmeckt.

In kürzester Zeit mache ich mich erneut auf den Weg zur Kate und auch diesmal treffe ich Marvin nicht an. Entweder hat mich Jonke reingelegt, was ich allerdings nicht glaube, oder hier stimmt etwas nicht. Damit meine Stimmung nicht wieder zu kippen droht, entscheide ich mich bei Kroken zu läuten, da Jonkes Mutter mir gesagt hat, dass man dort über ein Festnetz verfügt. Vielleicht ist man so nett und lässt mich kurz in Hamburg anrufen. Ich muss zumindest wissen, wie es Alexandra geht.

Frau Kroken ist wirklich eine sehr nette Frau und lässt mich tatsächlich telefonieren. Ich bin erleichtert, als ich ein Freizeichen bekomme und mir die Stationsschwester mitteilt, dass mit Alexandra soweit alles in Ordnung sei. Erleichtert atme ich aus.

Um etwas zur Ruhe zu kommen, entscheide ich mich, einfach mal am Strand entlang zu laufen. Die frische

Nordseeluft tut gut und das Möwengeschrei ist Musik in meinen Ohren. Fast so wie in Hamburg an der Elbe. Weil das Wetter so schön ist, merke ich erst reichlich spät, dass es bereits Mittag ist. Aufgrund meines knurrenden Magens entscheide ich mich daher, in diesem Friesen-Dingsda etwas zu essen. Mit kleinen Muscheln in der Hand, die ich am Strand aufgesammelt habe, laufe ich zum Restaurant. Ein nettes Pärchen hält mir beim Rauslaufen die Tür auf und so kann ich direkt durchgehen. Mein Blick wandert durch den Raum, um mir einen Platz auszusuchen. Die Bedienung kommt sogleich auf mich zugelaufen und weist mir einen kleinen Tisch im hinteren Bereich des Gastraumes zu. Sie zündet die Kerze an und reicht mir die Speisekarte. Wie gerne würde ich hier jetzt mit Alexandra sitzen. Meine Gedanken schweifen wieder ab und ich richte meinen Blick zum Fenster hinaus. Ein paar Urlauber erkunden die Insel mit dem Fahrrad und andere führen ihren Hund aus. Hier ist alles viel gelassener als in Hamburg. Ich richte meinen Blick von der Speisekarte auf, als sich erneut die Tür öffnet und ein Mann hereinkommt. Mein Blick erstarrt und ich kann nicht glauben, wen ich sehe. Mir steigen in sekundenschnelle Tränen in die Augen und mir bleibt der Mund offenstehen. Der Mann ist Marvin! Unrasiert, mit schwarzen Ringen unter den Augen und mit unsicherem Gang läuft er auf den Tresen zu. Ich bringe in dem Moment keinen Ton heraus und kann nicht glauben, was ich dort sehe. Ich verfolge, wie Marvin dem Mann hinter dem Tresen zuwinkt und dieser ihm ein Glas Schnaps reicht. Leider bleibt es nicht bei diesem einen und der Ober reicht ihm weitere alkoholische Getränke.

Ich wische mir eine Träne aus dem Augenwinkel und weil mir der Appetit vergangen ist, zahle ich mein Getränk und gehe langsam zu Marvin rüber. Der Ober ist dabei ihm ein weiteres Glas einzuschenken, das ich hinter Marvin mit einer Handbewegung verneine. Dieser schaut mich irritiert an und wendet sich weiteren Gästen zu. Ich lege meine Hand auf Marvins Rücken, aber er zeigt keinerlei Reaktion. Ich setze mich auf einen Barhocker neben ihn und hoffe, dass er endlich mal seinen Blick hebt. Er ist bereits so betrunken, dass er mich nicht wahrnimmt. Plötzlich greift er in seine Hosentasche und legt einen Zwanzig-Euro-Schein auf den Tresen. Unsicher steht er auf. Seine Augen erblicken mich und er erstarrt. Seine Augen füllen sich mit Tränen und ich greife geistesgegenwärtig nach seinem Arm, als er anfängt zu schwanken. Wider Erwarten reist er sich los und verlässt das Restaurant. Ich laufe ihm hinterher und versuche ihn aufzuhalten, als wir einige hundert Meter gelaufen sind und niemand mehr zu sehen ist. Wir sind inzwischen am Strand und ich verfolge, wie Marvin mit unsicherem Gang durch den Sand läuft. Ich hole ihn ein, stelle mich vor ihn und halte ihn an den Armen fest. Er reist sich von mir los und brüllt mich an. »Was willst du hier?! Lass mich in Ruhe!«

»Nein, Marvin! Du musst zurück nach Hamburg! Hörst du!«, versuche ich ihn zur Vernunft zu bringen.

Schnell stelle ich fest, dass es so keinen Sinn macht. Durch den vielen Alkohol kann mich Marvin nicht richtig wahrnehmen. Weiter vorne kann ich zwei Männer mit einem Hund erkennen. Verzweifelt spreche ich sie an: »Hallo? Können Sie mir kurz helfen?« Voller Sorge laufe ich auf die beiden Männer zu und hoffe, dass sie mich bei meinem Vorhaben unterstützen werden. Zum Glück haben die beiden Herren Verständnis für meine Situation und laufen mit Marvin zum Wasser. Da er aufgrund des Alkoholkonsums keinerlei Anstalten macht, kann der eine der Männer Marvins Kopf ganz leicht unter Wasser drücken. Es dauert nicht lange, bis er anfängt sich mit seiner ganzen Manneskraft zu wehren und schnaufend aus dem Meer steigt. Er schüttelt seine nassen Haare und zieht sich das nasse

T-Shirt vom Leib. Einen super durchtrainierten Oberkörper erblicken meine Augen und ich muss schwer schlucken, so beeindruckt bin ich von diesem Anblick. Marvin sieht mich allerdings mürrisch an und läuft an mir vorbei. Ich greife nach seiner Hand und ziehe ihn zu Jonkes Elternhaus. Zum Glück ist er da und macht uns einen starken Kaffee. Leider reicht auch das nicht ganz aus, so dass Jonke mir hilft, Marvin in die Kate zu bringen. Er soll erst mal seinen Rausch ausschlafen.

Ich könnte schreiend davonrennen. Jetzt habe ich ihn endlich gefunden und kann immer noch nicht mit ihm sprechen. Wieder verstreicht wertvolle Zeit und es ist bereits Freitagnachmittag. Es ist wirklich zum Verzweifeln.

Jonke merkt mir meine Traurigkeit an und schlägt mir daher einen ausgedehnten Strandspaziergang vor. Er erzählt mir vom Halligleben und davon, wenn bei Hochwasser alles überflutet ist. Das macht mir irgendwie Angst.

»Wie lange lebst du denn schon hier?«

Jonke schmunzelt und so werden seine Grübchen wieder sichtbar. »Ich bin auf der Insel geboren!«

»Das ist ja Wahnsinn! Hier gibt es ja noch nicht mal ein Krankenhaus. Das ist aber sehr mutig von deiner Mama gewesen. Sowas würde ich mich nie trauen.« Erschöpft lege ich mich neben Jonke in den Sand.

»Und wo hast du deine vielen Sommersprossen her?«, will er wissen. Ich lächele verlegen und überlege krampfhaft.

»Ich glaube, die habe ich schon immer. Meine beste Freundin sagt immer, dass sie wie Goldfunken in der Sonne aussehen.«

»So, so. Beste Freundin. Haben ja bekanntlich viele Frauen, so eine beste Freundin. Wie heißt sie denn?«

»Alexandra«, sage ich stolz »und sie besitzt die größte Werbeagentur Deutschlands. Agentur Maxfield. Vielleicht hast du schon mal davon gehört.«

»Ne, du. Mit Marketing haben wir hier nicht viel am Hut«. Wir schauen uns an und müssen gleichzeitig anfangen zu lachen.

»Alexandra ist zurzeit ziemlich krank wegen Stress und so. Marvin ist ihr bester Freund und bis vor kurzem war er auch noch Mitarbeiter bei Maxfield. Da Alexandra ein paar Wochen ausfällt, muss Marvin einspringen. In der Agentur geht alles drunter und drüber.« Jonke sieht mich von der Seite an und schaut dann wieder zum Himmel hinauf.

»Wenn deine Alexandra so einen Stress hat, dann wäre sie hier doch bestens aufgehoben. Meinst du nicht?«

»Daran habe ich auch schon gedacht. Das wäre wirklich super. Laut ihres Arztes muss sie noch eine Kur machen. Wenn das hier nicht erholsam ist, dann weiß ich auch nicht.« Jonke beugt sich über mich und streicht mir eine Strähne aus dem Gesicht.

»So hätte ich ja auch was davon, wenn du regelmäßig nach deiner Freundin siehst.« Verunsichert blicke ich in seine Augen und verspüre eine wohlige Wärme.

Alexandra

Mein fast zweiwöchiges Fehlen in der Agentur hat bereits Auswirkungen verursacht, die ich nicht für möglich gehalten hätte.

Nicht nur, dass die Firma *Shape Drive* mit einer Konventionalstrafe über eine Million Euro droht, auch in der Druckerei gibt es Probleme, wo vermutlich ebenfalls Terminaufträge nicht eingehalten werden. Auf meinem Schreibtisch stapeln sich Aktenordner und Unterschriftmappen, meine abgesagten Termine müssen schnellstens nachgeholt werden und auch die Presse hat sich wegen des neuen Latexdruckverfahrens angekündigt.

Wie ich ehrlicher Weise vor mir selbst zugeben muss, weiß ich überhaupt nicht, ob ich dem Ganzen zurzeit gewachsen bin. Durch meine Erkrankung bin ich dermaßen geschwächt, dass ich überhaupt nicht weiß, wie ich das überstehen soll. Das Geräusch in meinem Ohr ist mittlerweile mein ständiger Begleiter und meine Kopfschmerzen machen es nicht gerade einfacher. Weil ich mir keinen anderen Rat mehr weiß, entschließe ich mich dazu zwei Tabletten zu nehmen, die meinen Kreislauf in Schwung bringen sollen. Ich lege mich kurz in meinem Stuhl zurück und hoffe, dass ich durchhalte und die Tabletten in gewohnter Weise helfen. Meine Augen habe ich geschlossen, als es an meiner Tür klopft.

»Frau Marquardt, können wir die ausstehenden Termine besprechen?« Ich bitte Frau Cooper herein und sie nimmt auf einem der Stühle vor meinem Schreibtisch Platz. Ihr Blick ist unruhig und sie legt mir eine weitere Unterschriftmappe vor.

Ich sammele mich und schlage die erste Seite auf. Die Kündigung für Constanze Maibach liegt oben auf. Ich überfliege das Schriftstück und blicke über meinen Bildschirm zu Frau Cooper. Danach widme ich mich wieder der Kündigung und unterschreibe kurzerhand.

»Das geht heute noch per Einschreiben raus.« Ich dulde solche Mitarbeiter nicht in meiner Agentur. Probleme habe ich selbst genug, dafür brauche ich nicht noch das geeignete Personal dazu. Frau Cooper nickt vorsichtig und reicht mir ein weiteres Schreiben über den Tisch. Eine Abmahnung der Firma *Shape Drive* aus München. Ich werfe das Schriftstück auf den Schreibtisch und lehne mich in meinem Stuhl zurück.

»Verbinden Sie mich bitte mit Herrn Dönter. Um die Termine kümmern wir uns am Montag. Danke, Frau Cooper!«

Ein paar Minuten später leitet Frau Cooper mir das Gespräch weiter und ich merke bereits an der Begrüßung, dass man auf die Agentur Maxfield nicht gut zu sprechen ist. Ich stehe auf und lasse meinen Blick über die Elbe schweifen. Da mir im Moment die nötige Kraft für solche Gespräche fehlt, kann ich Herrn Dönter nicht entsprechend entgegentreten, wie ich es von mir gewohnt bin. Um die Unannehmlichkeit aus dem Weg zu räumen, fordert er mein persönliches Erscheinen am morgigen Samstag in München. Ich schlucke schwer und fasse mir unweigerlich an die Stirn. Unmöglich kann ich morgen nach München fahren. Zum ersten Mal in dieser Zeit, in der ich Inhaberin von Maxfield bin, muss ich mir eingestehen, dass ich trotz einer anstehenden Konventionalstrafe, diesen Termin nicht wahrnehmen kann. Herr Dönter bedauert meine Entscheidung und unser Gespräch ist beendet.

Ich setze mich wieder an meinen Schreibtisch und drücke gegen mein Ohr, damit das Pfeifen nachlässt und suche die Tabletten raus, die für eine bessere Durchblutung sorgen sollen und merke, wie Hitze in mir hochsteigt. Verzweifelt scrolle ich mein Handy durch und wähle Emilia an. Leider springt nur die Mailbox an:

> Hey Emi, ich bin es.
> Ruf mich bitte mal an.
> Es ist dringend.
> Danke dir.

Komisch, dass sie sich die Tage gar nicht bei mir gemeldet hat. Es wird doch nichts passiert sein. Da mir das keine Ruhe lässt, entscheide ich mich, meine Haushälterin Frau Blume auf Föhr anzurufen. Sie kümmert sich immer um alles, wenn ich nicht vor Ort sein kann. Diese kann mir bestätigen, dass mein Auto auf dem Grundstück steht und Emilia hätte sie auch schon gesehen. Erleichtert atme ich aus und entscheide mich erstmal nach Hause zu fahren. Da Emilia mein Auto hat, bestelle ich mir ein Taxi.

Kurze Zeit später treffe ich zu Hause ein, streife mir die Schuhe ab und lege mich aufs Bett. Ich kann einfach nicht mehr.

Emilia

»Mensch Marvin! Jetzt bleib doch mal stehen! Ich hab` echt keine Lust dir ständig hinterherzurennen.« Bereits früh am Morgen bin ich außer Atem und nur, weil er es nicht für nötig hält, mir endlich mal in Ruhe zuzuhören. Sein Weg führt direkt ans Wasser, wo er letztendlich zum Stehen kommt und in die Ferne starrt.

»Marvin, bitte! Ich muss dringend mit dir reden.« Sein Blick ist weiterhin auf die Nordsee gerichtet und ich habe den Eindruck, dass es ihn kein bisschen interessiert.

»Du musst nach Hamburg. Alexandra liegt im Krankenhaus und ihr geht es wirklich nicht gut. Die Firma *Shape Drive* droht mit einer Konventionalstrafe und auch sonst, geht alles drunter und drüber! Wir brauchen dich!« Flehend stehe ich vor ihm und greife nach seinem Arm. Er aber entzieht sich mir und läuft mit großen Schritten den Strand entlang. Ich glaub das nicht. Es kann ihm doch nicht egal sein, dass Alexandra im Krankenhaus liegt. Wieder versuche ich Marvin einzuholen, stelle mich vor ihn und halte ihn an den Armen fest.

»Emilia! Lass mich in Ruhe! Fahr zurück Hamburg!«

»Du glaubst nicht ernsthaft, dass ich jetzt aufgeben werde, wo ich dich gefunden hab! Du musst zurückkommen! Es gibt keine andere Möglichkeit! Was willst du denn hier?! Deinen Kummer im Alkohol ertränken?!«, kontere ich. Der Ärger ist Marvin ins Gesicht geschrieben und ich kann ihn sogar ein kleines bisschen verstehen.

»Und was soll ich in Hamburg?« Genervt schaut mich Marvin an.

»Du musst die Leitung der Agentur wieder übernehmen. Was denn sonst?«, antworte ich trotzig. Ohne ein weiteres Wort läuft Marvin weiter, aber ich lasse mich nicht so einfach abwimmeln. Ganz außer Atem kann ich nach einer guten halben Stunde den *Friesenpesel* sehen. Ich laufe vor Marvin und versperre ihm die Eingangstür. »Du lässt dich jetzt nicht wieder volllaufen.« Mit schütteltem Kopf verweigere ich ihm den Zutritt und er sieht mir das erste Mal direkt in die Augen. Sein Blick ist hart und ich weiß nicht, was mich jetzt erwartet. Ich hoffe nur inständig, dass er zur Vernunft kommt.

»Wenn Alexandra Hilfe braucht, dann soll sie gefälligst Robert anrufen.« Ich reiße meine Augen auf und glaube nicht, was ich eben gehört habe.

»Robert?!«, wiederhole ich. »Was hat denn Robert bitte damit zu tun?!« Mir bleibt der Mund offen stehen. Marvin senkt seinen Blick, bevor er mich wieder ansieht und seine Arme rechts und links über mir an der Tür abstützt.

»Hat dir deine beste Freundin nicht erzählt, dass sie wieder Kontakt zu ihrem Ex hat?« Seine Augen verfinstern sich und ich runzele die Stirn. Bevor ich überhaupt etwas ausrichten kann, schiebt mich Marvin auf die Seite und betritt das Restaurant. Ich folge ihm bis zur Theke und setze mich neben ihn. Er winkt dem Kellner zu, bestellt einen Whisky und ich sehe einfach nur zu. So schockiert bin ich von ihm und auch von Alexandra, dass sie es soweit haben kommen lassen.

»Wenn du die obszönen Anrufe von Robert meinst, darüber weiß ich Bescheid. Nicht dass hier der Eindruck entsteht, Alexandra erzählt mir so etwas nicht.«

Genervt sehe ich Marvin an, er aber würdigt mich keines Blickes. »Was du als bester Freund von Alexandra allerdings nicht weißt, ist, dass Robert eine größere Summe von ihr fordert. Wenn du das *Kontakt zum Ex* nennst, dann tust du mir echt leid!«

Entsetzt sieht mich Marvin an. Er steht auf, legt einen Geldschein auf den Tresen und verlässt das Lokal. Ich verdrehe die Augen und folge ihm nach draußen. Dort angekommen, laufe ich mit ihm zurück zum Strand und hoffe so sehr, dass er jetzt endlich mal redet.

»Ich habe Alexandra erst vor ein paar Wochen gefragt, ob sie erpresst wird. Sie hatte nichts von Robert erwähnt.« Marvin dreht sich zu mir um und sieht mich verärgert an.

»Sie hat dir gegenüber Gewissensbisse, deshalb hat sie dir nichts gesagt«, kommt es vorsichtig aus mir heraus. Marvin vergräbt seine Hände in den Hosentaschen und sieht mich streng an. »Du weißt also, warum sie sich mir gegenüber verschließt?!«

Marvin steht fordernd vor mir und ich habe das Gefühl, wieder in eine Situation hineingedrängt zu werden, der ich nicht gewachsen bin. Ich senke meinen Kopf und hoffe, dass das hier nicht böse enden wird.

»Wollt ihr mich verarschen?!«, schreit er mich an. Ich zucke zusammen und versuche krampfhaft ihn nicht anzusehen. Marvin lässt jetzt aber nicht mehr locker und ich merke, wie das Eis für mich immer dünner wird. Nervös spiele ich an meinem Pferdeschwanz und beiße auf meiner Lippe herum. Marvin umgreift meine Arme und schüttelt mich.

»Ich kann es dir nicht sagen, Marvin!« Er lässt von mir ab und weicht einen Schritt nach hinten.

»Nenne mir einen triftigen Grund, warum ich mit nach Hamburg kommen sollte! Einen einzigen verdammten Grund.«

Hitze steigt in mir auf und das sicherlich nicht nur von der Sonne, die bereits über uns steht.

»Weil ihr euch liebt«, flüstere ich ihm entgegen. Marvin schließt seine Augen, schüttelt den Kopf und läuft weiter.

»Bitte Marvin! Wenn du uns nicht hilfst, dann wird Alexandra am Montag wieder in der Agentur sein. Sie hat mir versprochen sich zu schonen, wenn du die Geschäfte übernimmst.« Auf den letzten Metern zur Kate bleibt er stehen und dreht sich zu mir um.

»Wie bist du denn nach Föhr gekommen?«, fragt er irritiert.

»Mit Alexandras Auto.«

»Na, dann kann ich ja wenigstens mal einen RS 5 fahren.« Ich reiße die Augen auf und springe Marvin vor Erleichterung und Dankbarkeit um den Hals. Bevor er ins Haus geht, dreht er sich noch mal zu mir um.

»Unter einer Bedingung komme ich mit.« Erschrocken sehe ich ihn an. »Ich möchte Alexandra weder sehen noch mit ihr reden müssen. Alles, was über sie geklärt werden muss, wirst du übernehmen. Haben wir uns verstanden?« Ich nicke erleichtert und weiß allerdings nicht, ob ich mich jetzt freuen soll oder ob sich dadurch die Probleme nur verlagern.

»Was fehlt ihr denn überhaupt?«, fragt Marvin zu meiner Erleichterung nach.

Nachdem ich ihm die Situation geschildert habe, geht er mit sorgenvoller Miene hinein und schließt die Tür. Ich laufe zu Jonkes Haus hinüber und lasse mich erschöpft in den Standkorb fallen. Plötzlich taucht er neben mir auf und setzt sich zu mir.

»Und? Hast du mit Herrn Hover sprechen können?«

Ich nicke einfach nur und lege meinen Kopf auf seine Schulter. Über uns kann man die Möwen hören und am blauen Himmel ist ein Paraglider zu sehen. Die Umgebung und auch das Wetter sind so atemberaubend schön, dass ich es mir tatsächlich vorstellen könnte, öfter hierher zu kommen.

Nachdem ich Jonke alles erzählt habe, fährt er Marvin und mich rüber nach Föhr. Während der Überfahrt spiegelt sich die Sonne auf dem Wasser und die Wellen glitzern um die Wette. Ein herrlicher Anblick. Marvin hat seinen Blick aufs Wasser gerichtet und wirkt in sich gekehrt.

Kurze Zeit später kommen wir auf Föhr an und bevor

ich mit Marvin zum Haus laufe, bedanke ich mich bei Jonke für seine Hilfsbereitschaft.

Endlich am Haus angekommen, schließe ich noch mein Handy ans Aufladekabel an und erschrecke. Eine Mailboxnachricht von Alexandra! Es wird doch nichts passiert sein? Ungeduldig wähle ich ihre Nummer an, aber der Teilnehmer ist im Moment nicht zu erreichen. Mist. Zwei weitere Nachrichten von Anja.

Anja:
Hey, liebste Freundin!
Lass mal was von dir hören
oder bist du unter die
Fischer gegangen?? ☺

Anja:
Muss ich mir Sorgen machen?
Warum meldest du dich denn
nicht?? Übrigens, dein best
friend war heute in der
Agentur. Wenn du mich fragst,
war das allerdings keine
gute Idee. Sie sieht wirklich
nicht gut aus. Ich hoffe,
du meldest dich mal bei mir.
Will ja schließlich wissen,

wie der alte Kutter-
fritze so war. LG Anja

Ich glaube mich verlesen zu haben, aber hier steht es schwarz auf weiß, dass Alexandra in der Agentur gewesen ist. Das darf nicht wahr sein! Ich muss sofort im Krankenhaus anrufen. Nach zweimaligem Läuten teilt mir eine Schwester der Station mit, dass Alexandra auf eigene Verantwortung das Krankenhaus verlassen hat. Ich bin wie versteinert und richte meinen Blick zum Fenster hinaus, wo Marvin dabei ist, unsere Taschen ins Auto zu laden. Sie hat mir versprochen, dass sie bis Montag wartet, ob ich Marvin finde.

Hastig wähle ich ein weiteres Mal Alexandras Nummer und kann sie leider wieder nicht erreichen.

Da unsere Fähre in 25 Minuten ablegt, gibt mir Marvin zu verstehen, dass es Zeit sei, aufzubrechen. Ich schließe das Haus ab und steige, mit einem nochmaligen Blick in den wunderschönen Garten, ins Auto.

Während der Überfahrt nach Dagebüll, schicke ich Anja eine Nachricht.

> Hey Anja! Bin auf dem
> Rückweg. Marvin ist auch
> dabei. Jetzt wird hoffentlich alles gut.
> LG Emilia

Anja:
Hey, warum hast du dich nicht
gleich gemeldet?
Gut, dass Herr Hover zurückkommt.
Ich glaube nicht, dass Frau
Marquardt lange durchhalten wird.
Melde dich, wenn du in Hamburg
gelandet bist.
LG Anja

Ich hatte kein Aufladekabel dabei
und mein Akku war dann irgendwann leer.
Tut mir leid.
Ich erzähle dir alles,
wenn ich zurück bin.
LG Emilia

Marvin darf auf keinen Fall erfahren, dass Alexandra in der Agentur war, sonst war alles umsonst und er fährt sofort wieder zurück. Das wäre wohl das Schlimmste, was uns jetzt noch passieren könnte.

Marvin lässt es auf der Autobahn richtig laufen und scheint es sichtlich zu genießen, Alexandras Auto fahren zu dürfen. Wenigstens kennt er sich mit diesem Geschoss besser aus als ich es je werde. Innerlich muss ich schmunzeln und gleichzeitig habe ich etwas Angst, weil ich nicht weiß, was mich in Hamburg erwartet. Weder in der Agentur noch mit Alexandra.

Nach dreieinhalb Stunden kommen wir vor der Agentur an und Marvin stellt den Motor ab. Bevor er aussteigt, schaut er hinauf zu den Büros und ich hoffe, dass wir hier keine Überraschung erleben werden. Zusammen laufen wir in das Gebäude und lassen uns mit dem Fahrstuhl in den vierten Stock bringen. Marvin öffnet die Tür zu Alexandras Büro und erstarrt. Ich sehe an ihm vorbei und kann nicht glauben, was ich dort sehe. Alexandra sitzt ganz blass an ihrem Schreibtisch. Ihre Augen sind mit dunklen Ringen untermalt und ihr Blick sieht müde aus. Sie steht auf und läuft zu uns rüber. Zu meinem Entsetzen meldet sich Marvin ungehalten zu Wort.

»Wenn du wieder hier bist, dann bin ich ja überflüssig.« Sein Blick ist eiskalt und seine Wangenknochen bewegen sich nervös hin und her. Alexandra steht jetzt ganz dicht vor Marvin, greift nach seiner Hand und ich entschließe mich einen Schritt zurückzutreten, in der Hoffnung, dass das Eis bricht.

»Ich brauche dich, Marvin«, kommt es ganz leise aus Alexandra heraus. Marvin allerdings richtet seinen Blick zum Fenster hinaus. Alexandras Augen füllen sich mit Tränen und ich würde sie am liebsten in den Arm nehmen.

»Ich gehe jetzt besser«, räuspert sich Marvin und wendet sich von Alexandra ab.

»Kannst du nach München fahren?«, ruft sie ihm nach.

»Warum?«

»Die Firma *Shape Drive* droht mit einer Konventionalstrafe und Herr Dönter hat um ein persönliches Gespräch gebeten. Vielleicht kann man es noch abwenden.« Alexandra hört sich ganz schwach an und ich habe solche Angst, dass Marvin sie hängen lässt.

»Warum fährst du nicht?«, fragt er zu meiner Verwunderung nach. Alexandra geht erneut mit Tränen gefüllten Augen auf Marvin zu und sieht ihn fest an.

»Ich musste Emi versprechen, dass ich mich schone. Meine Anwesenheit in der Agentur bedeutet nicht, dass ich mein Versprechen nicht halten werde. Im Gegenteil. Wenn sie dich nicht gefunden hätte, dann hätte ich einen Käufer für Maxfield gesucht. Ich kann nicht mehr.«

Irritiert sehe ich erst zu Alexandra, dann zu Marvin, der genauso fassungslos scheint wie ich. Sie würde tatsächlich verkaufen? Einerseits macht sich Erleichterung in mir breit, dass sie das wirklich in Erwägung gezogen hat und andererseits bin ich schockiert, dass sie das ausgesprochen hat. Ihr muss es inzwischen sehr schlecht gehen, wenn sie sogar vor einem möglichen Verkauf nicht zurückschreckt.

Marvin streicht Alexandra über die Arme und legt seine Stirn an ihre. Es knistert und ich merke, wie mir eine Träne über die Wange läuft, so gerührt bin ich von diesem Moment, die beiden endlich mal in trauter Zweisamkeit zu sehen. Marvin legt den Finger unter ihr Kinn und zieht so ihren Blick auf sich. Ihre Lippen treffen aufeinander und es ist wieder Alexandra, die sich offenbar nicht fallen lassen kann und ruckartig zurückweicht und sich dem Kuss entzieht. Marvin aber greift behutsam ihren Nacken und drückt ihr einen Kuss auf die Stirn, bevor er den Raum verlässt.

Alexandra sieht mich erst nur an, bevor sie mich in ihre Arme schließt und ganz fest an sich drückt. »Ich wusste, dass du Marvin finden wirst«, flüstert sie mir ins Ohr.

Ich schaue sie an und kann sehen, wie sie sich eine Träne aus dem Augenwinkel wischt.

»Und was machst du jetzt? Wieder zurück ins Krankenhaus?« Besorgt warte ich auf eine Antwort.

»Nein, Emi. Ich werde für die nächsten Monate nach Föhr gehen und mich dort behandeln lassen. In diesen Krankenhäusern kann man unmöglich gesund werden. Das möchte ich auf keinen Fall. Ich kenne einen sehr renommierten Professor, der auf meine Erkrankungen spezialisiert ist. Einen Termin habe ich bereits gemacht und werde mich daher gleich morgen mit einem Taxi nach Dagebüll bringen lassen. Zum Autofahren bin ich viel zu schwach und ich gehe mal davon aus, dass Marvin dich hier brauchen wird.« Sie nimmt mein Gesicht in ihre Hände und ich nicke zustimmend. Voller Erleichterung lege ich mich in ihre Arme und halte sie ganz fest.

Die nächsten Tage verlaufen recht unspektakulär. Marvin ist ständig im Außendienst unterwegs und versucht zu retten, was zu retten ist. Sogar die Konventionalstrafe von der Firma *Shape Drive* kann er abwenden. Was für ein Glück, dass er für Alexandra einspringt, denn ohne ihn würden wir das nicht schaffen. Ausnahmslos alle Mitarbeiter und ich unterstützen so gut es geht an allen Ecken und Enden. Auch Überstunden werden ohne Probleme akzeptiert und alle arbeiten konzentriert, damit Maxfield

die Führungsspitze der deutschen Werbeagenturen ver-
teidigen kann. Alexandra hat es wirklich wahrgemacht
und ist direkt nach unserem Zusammentreffen nach Föhr
aufgebrochen. Ich muss sie unbedingt besuchen, mit ihr
die Schaumkrönchen am Strand zählen und in die Sonne
blinzeln. Ich wünsche mir so sehr, dass sie jetzt endlich zur
Vernunft kommt und dass auch das noch ausstehende Gespräch mit Marvin stattfindet. Dass meine Semesterferien
in Hamburg so verlaufen würden, hätte ich nie gedacht.
Wenn es sein muss und ich hier länger gebraucht werde,
dann muss ich mein Studium für ein Semester aussetzen.
Nichts ist mir wichtiger als Alexandra und dass es ihr gutgeht.

Alexandra

Drei Wochen bin ich inzwischen auf Föhr und fange ganz langsam an, mich zu entspannen. Selbst mein Ohrgeräusch realisiere ich nur noch ganz vage. Bei Professor Hagen hatte ich gleich bei meiner Ankunft einen Gesprächstermin, in dem wir meinen Behandlungsplan durchgesprochen haben. Zum Glück muss ich nur zu den einzelnen Behandlungen in die Klinik und kann die meiste Zeit in meinem Haus oder am Strand verbringen.

Da noch Sommerferien sind, tummeln sich sehr viele Menschen am Strand oder auf der Promenade. Früher hätte mich das wahnsinnig gemacht, aber inzwischen sehe ich darüber hinweg, weil ich jetzt nicht mehr von meinem stressigen Unternehmerleben hierher komme, um zu entspannen. Marvin hat zum Glück die Agentur fest im Griff und meine Emi unterstützt ihn in allen Bereichen. Ich bin so stolz auf sie.

Ich sitze im Garten unter dem alten Apfelbaum, in den Emi sich so sehr verliebt hat und trinke noch den letzten Schluck Tee aus meiner Tasse, als mir mein Handy den Eingang einer neuen Nachricht signalisiert.

Emi:
Guten Morgen!
Wie hast du geschlafen?
Was hast du heute Schönes vor?

Marvin nimmt mich heute auf
einen Außentermin mit. Bin
ein bisschen aufgeregt, aber
wenn ich keine Praxiserfahrung
sammele, dann wird aus mir nie
eine richtige Grafik-Designerin.
Du fehlst mir. Deine Emi

Über ihre Worte muss ich schmunzeln. Ihre Art sich mit-
zuteilen, hat oft etwas Kindliches, was mich an ihr absolut
fasziniert. Oft habe ich mir die letzte Zeit gewünscht, dass
Marvin sie mir viel früher vorgestellt hätte. Sie lenkt mich
häufig von schlechten Gedanken ab und bringt eine gewisse Leichtigkeit in mein Leben.

Guten Morgen Emi!
Du fehlst mir auch. Sehr sogar!
Zu welchem Kunden nimmt Marvin dich denn mit?
Ich habe heute keine Anwendung,
daher werde ich voraussichtlich
mal in die Stadt gehen.
Vielleicht finde ich etwas Schönes.
Was hältst du davon, am Wochenende
nach Föhr zukommen?
Nur wir beide am Strand, gutes Essen, gute Gespräche.
Ich drück dich ganz lieb!!
Pass auf dich auf!
Deine Alexandra

Mein Blick auf die Uhr verrät mir, dass es bereits nach 9 Uhr ist und ich entschließe mich dazu, den wunderschönen Platz unterm Apfelbaum aufzugeben, um mich anzuziehen und die Stadt unsicher zu machen. Das hätte es vor einiger Zeit auch nicht gegeben, dass ich um diese Zeit noch im Schlafanzug gewesen wäre. Für manch andere ist das ganz normaler Alltag, für mich gehört es zur Rehabilitation dazu.

Ich schaue noch mal auf meine Uhr, nehme sie kurzerhand ab und lege sie im Sekretär in die Schublade. Inzwischen kann es mir egal sein, wie spät es ist, zumindest wenn ich keine Arzttermine habe.

Eine halbe Stunde später laufe ich mit weißen Bermudas, pinkem Shirt mit Fledermausärmeln barfuß am Strand entlang. Meine Sandalen mit Glitzersteinen trage ich dabei in der Hand und drehe mich in alle Richtungen. Ich tanze durch die Schaumkrönchen, die die Wellen ans Ufer schieben und langsam habe ich das Gefühl, dass Professor Hagen nicht unrecht damit hatte, als er sagte, ich solle einfach anfangen, zu leben. Dann bräuchte ich auch keine Tabletten mehr, zumindest nicht, um mich bei Laune zu halten. Dafür sei nämlich mein Umfeld zuständig. Es sei auch hilfreich, wenn ich die letzten schweren Jahre aus mir herauskneten lassen würde. Bei diesem Satz habe ich Professor Hagen mit großen Augen angesehen. Wellness, Yoga und Meditation seien für mein Krankheitsbild eine Wohltat und eigentlich so etwas wie ein Pflichtprogramm. In diesem Zusammenhang kommt mir wieder Emi ins Gedächtnis, die mir von Yoga schon oft vorgeschwärmt hat, dass ich inzwischen auch neugierig geworden bin. Für solche Dinge hatte ich in meinem bisherigen Leben keine Zeit. Je länger ich über die letzten Jahre nachdenke, umso mehr habe ich den Eindruck, dass das Marketinggeschäft immer härter geworden ist. Aber diese Eingebung hatte ich schon vor einiger Zeit, wo es mir auch schon körperlich nicht so gut gegangen ist, aber ich den entscheidenden Schritt nicht gewagt habe. Erst mein Hörsturz und die Kündigung von Marvin haben mich zusammenbrechen lassen. Zum ersten Mal hatte ich keine Kraft mehr aufzustehen.

Mein Gedankenkarussell stoppt, als ich vor einem riesigen Gebäudekomplex stehe. Dem neuen Leuchtturmprojekt von Wyk auf Föhr.

Wellnessresort Südstrand
Hotel mit 144 Zimmern in sechs verschiedenen
Kategorien
Resort mit 23 exklusiven Residenzen für 2-6 Personen
Strandbar, Lobby mit Empfangsbereich und Bar
Hotelrestaurant & Gourmetrestaurant
2.000 qm Wellnessbereich

Die letzten Monate konnte man die einzelnen Bauabschnitte verfolgen, aber ich hatte zu dieser Zeit wenig Interesse, mich in den paar Wochen im Jahr, die ich hier verbringe, um irgendwie runterzukommen, einem

Bauvorhaben zu widmen. Inzwischen aber steht der imposante Komplex mit seinem geballten Ausmaß vor mir und ich finde ihn sehr ansprechend. Gut, die Außenfassade könnte ich mir etwas freundlicher vorstellen, aber als Unternehmerin kann ich auch sagen, dass hier der wirtschaftliche Aspekt eine große Rolle spielt. Dieser Fassade scheint die Salz-Luft wenig anhaben zu können und das ist ja erst mal das Wichtigste. Trotz der Faszination lasse ich mich nicht von meinem Vorhaben abbringen und laufe weiter Richtung Strandpromenade.

Die Sonne scheint bereits am Vormittag mit voller Kraft auf die schöne Insel herab und die Nordsee glitzert mit ihr um die Wette. Weiter draußen kann man die Fähre *Uthlande* der Wyker Dampfschiffsrederei, kurzgesagt WDR, erkennen, die wieder unzählige Urlauber, Einheimische und Firmenfahrzeuge ans Festland zurückbringt. Auch der schönste Urlaub geht einmal zu ende, um so angenehmer für mich, dass ich nicht Urlaub machen darf, sondern hier auch wohne. Zum ersten Mal muss ich über mein neues *Ich* schmunzeln und nehme erst jetzt so richtig wahr, was ich mir in meinem Leben erarbeitet habe.

An den Geschäften angekommen, entscheide ich mich, meine Sandalen wieder anzuziehen, da der asphaltierte Boden ganz schön heiß ist und rubble mir daher erstmal den Sand von den Füßen.

Als ich so durch die *Große Straße* schlendere, höre ich hinter mir jemanden meinen Namen rufen. Erschrocken drehe ich mich um und kann auf der linken Seite eine blonde Frau erkennen, die mich zu sich winkt.

»Ja, meine Liebe! Bist du auch mal wieder auf Föhr. Schön. Wo ist Emilia?« Jetzt erst erinnere ich mich, dass es sich um Jola aus dem Restaurant *Zum Walfisch* handelt.

»Emilia ist in Hamburg. Ich bin alleine hier«, gebe ich knapp zurück und erinnere mich in diesem Zusammenhang an Emilia, die mich darum gebeten hat, Jola so etwas wie eine Chance zu geben, da sie ein herzensguter Mensch sei. Bei Emilia sind allerdings fast alle Menschen herzensgut. Innerlich muss ich schmunzeln, gebe mich geschlagen und folge Jola auf Anweisung in den Gastraum.

Da das Wetter so herrlich ist, entscheide ich mich für einen Tisch auf der im Schatten gelegenen Terrasse. Genau der Tisch, an dem ich mit Emilia zuletzt gesessen habe. An mehr kann ich mich allerdings kaum noch erinnern. Zu dieser Zeit hatte ich bereits massiv Probleme und stand unter Tabletten, von denen ich gerade noch so den Absprung geschafft habe. Nur Emilia zu Liebe habe ich die letzte Kraft, die ich noch hatte, darin investiert, von diesem Zeug loszukommen. Auch hier muss ich feststellen, dass klare Gedanken und eine wichtige Bezugsperson einem dabei helfen können.

Nachdem ich das Schollenfilet Helgoländer Art mit Nordseekrabben und Petersilienkartoffeln gegessen habe, lehne ich mich auf meinem Stuhl zurück und hole mein Handy hervor. Mein Geschäftshandy habe ich nicht mehr bei mir. Auch hier sollte ich einen klaren Schlussstrich ziehen, um nicht wieder rückfällig zu werden, weil mich ständig Kunden oder die Agentur erreichen könnten. Erst war ich von dieser Vorstellung überhaupt nicht begeistert, habe dann aber, auch auf dringende Bitte von Emilia und Marvin hin, letztendlich davon abgesehen mich dagegen zu stellen. Daher dürften mich jetzt auf meinem Privathandy nur angenehme Nachrichten und Anrufe erreichen. Wie das klingt. Privathandy! Ich schaue zu den anderen Gästen hinüber, bevor ich die Nachricht von Emilia öffne.

Emi:
Hallo Alexandra! Marvin fährt mit
mir zum Gestüt Thormählen. Ehrlich gesagt,
freue ich mich ja eher dort auf die Pferde
als auf das bevorstehende Gespräch. Marvin
meinte, dass dieser Thormählen nicht einfach
sei. Warum können solche Geschäftsleute nicht
nett sein? Bin mal gespannt, wie das wird.
Ein bisschen mulmig ist mir schon.
Du hast mir noch gar nicht gesagt, ob du gut
geschlafen hast?! Also? Ich würde sehr
gerne am Wochenende zu dir kommen, weiß aber
nicht, wie ich hinkomme. Hast du einen Tipp
für mich? Ich drück dich gaaaaaanz fest
zurück. Spürst du das?
Deine Emi

Ich wische mir eine Träne aus dem Augenwinkel, so gerührt bin ich immer wieder von ihren Nachrichten. Sie ist ein wunderbarer Mensch und ich bin Marvin so dankbar, dass er sie in die Agentur geholt hat. Manchmal macht mir aber der Gedanke Angst, weil sie Marketing studiert und womöglich auf die gleiche Schiene gerät wie ich. Vielleicht sollte ich sie davor bewahren, nicht dass es eines Tages dafür zu spät ist. Bevor ich Emi zurückschreiben kann, setzt sich Jola zu mir an den Tisch und legt ihre Hand auf meinen Arm.

»Herzchen, warum bist du auf Föhr alleine? Ist Emilia nicht mehr Freundin?« Irritiert schaue ich sie an und runzele die Stirn.

»Natürlich ist sie meine Freundin! Was hat das denn damit zu tun, ob ich alleine hier bin oder nicht? Es gibt in der Agentur eben viel zu tun, da können wir nicht beide hier auf der faulen Haut liegen.« Ich merke an meiner Äußerung, dass ich etwas in mein altes Muster verfalle und räuspere mich verlegen.

»So, so. Und deshalb ist Chefin auf Föhr, weil in der Agentur es drunter und drüber geht. Verstehe ich nicht.« Jola schaut mich verwundert an und sucht meinen Blick.

»Was gibt es denn daran nicht zu verstehen. Es ist eben so, wie es ist«, gebe ich kleinlaut zurück. Sie klopft mir auf den Arm und geht an einen anderen Tisch, um das schmutzige Geschirr abzuräumen. Währenddessen schreibe ich schnell Emi zurück, weil ich befürchte, dass ich um eine Fortsetzung mit Jola nicht herumkommen werden.

Hey Emi!

Ja, ich habe gut geschlafen.

Bei der Luft ist das ja auch kein Problem,

im Gegensatz zu Hamburg.

Und was den Termin beim Gestüt angeht,

kann ich dir gleich mit auf den Weg geben,

dass die wenigsten Geschäftspartner nett sind.

Du greifst ihnen in den Geldbeutel,

darüber ist niemand sonderlich begeistert.

Wer allerdings Großartiges will,

der muss auch großartig tief in die Tasche greifen.

So einfach ist das. Halte dich an Marvin!

Er ist ein Ass im Verhandeln.

Er wird dir zeigen, wie es geht.

Und was das Wochenende betrifft,

kannst du dir ja wieder einen Opel Adam mieten,

wenn dir der RS 5 zu stark ist.

Sprich Frau Cooper an.

Sag mir einfach Bescheid, wie du es machen willst.

Ich drück dich auch ganz fest zurück

und ja, ich kann deine Umarmung spüren!!

Deine Alexandra

Bevor ich mich versehe, hat Jola wieder an meinem Tisch Platz genommen und stellt mir einen Cocktail hin. Tiefroter Inhalt mit vermutlich großer Auswirkung. Ein schwarzes Röhrchen mit weißen Sternen und eine Orangenscheibe schmücken das Glas.

»Zurzeit darf ich keinen Alkohol trinken. Anordnung von meinem Arzt.« Ich ziehe einen Schmollmund und schaue mit gesenktem Blick zu Jola.

»Wie kommst du darauf, dass hier drin ist Alkohol«, fragt Jola nach.

»Ach so. Dann handelt es sich wohl um Kinderbrause, für so schwere Fälle wie mich.« Ich fühle mich erniedrigt und kann dem Blick von Jola kaum standhalten. Sie schubst mich mit dem Glas und ich setze zögerlich zum Trinken an.

Die rote Flüssigkeit rinnt mir die Kehle hinunter und ich stelle fest, dass mir diese Brühe durchaus schmeckt.

»Ja, schmeckt nicht schlecht«, entgegne ich genervt.

»Wie du siehst, kann man auch einschlagen andere Wege. Das fängt schon mit neuem Getränk an.« Schmunzelnd sitzt Jola vor mir und streicht mir erneut über meinen Arm. Das Getätschel geht mir allerdings auf den Wecker, lasse es aber über mich ergehen, weil ich immer noch nicht genau weiß, was sie tatsächlich von mir will.

»Du hast ganz tolle Freundin.« Ihr polnischer Akzent bleibt auch mir nicht verborgen und irgendwie hört es sich schon wieder gut an. Sie redet einfach drauf los, genauso wie Emi. Das allein macht sie doch schon sympathisch.

»Ich weiß«, gebe ich knapp zurück. Jola hebt den Kopf.

»Du weißt.«

Ich runzele die Stirn und schaue sie fragend an.

»Emilia ist ganz wunderbares Mädchen. Das Herz am richtigen Fleck. Du willst nicht mir sagen, dass sie in Hamburg Agentur schmeißt.« Mit offenem Mund starre ich Jola wie versteinert an. Jetzt bin ich ja mal gespannt, was als Nächstes kommt.

»Ich gehe aus davon, dass sie Marvin auf Hallig angetroffen hat und sie mit ihm ist in Hamburg. Und du bist nach Föhr geflüchtet, weil du aus dem Weg gehen willst diesem Mann und zum Kämpfen keine Kraft mehr hast.« Mit großen Augen sieht sie in mein irritiertes Gesicht.

»Lass mich raten! Du wusstest nicht, dass Marvin auf Hallig Hooge war. Hab´ ich Recht?« Sie streicht mir über die Hand, bevor sie aufsteht und sich über mich beugt.

»Reden hilft, mein Herzchen. Glaub mir.« Ich fasse mir an die Stirn und atme hörbar aus, bevor ich die Rechnung bezahle und zum Strand hinunterlaufe.

Wie doch zwei Stunden später alles anders sein kann. Vermutlich hat sie Recht, dass ich zu wenig rede, aber bisher habe ich immer alles mit mir alleine ausgemacht. Zumindest, bis Emilia in mein Leben trat. Alles will ich ihr aber auch nicht sagen. Sie macht sich schon genug Sorgen um mich, aber vielleicht auch genau deshalb, weil sie nicht genau weiß, was sich bei mir abspielt. Und was Marvin betrifft, bin ich mir durchaus bewusst, dass ich mit ihm reden muss. Ich habe nur noch nicht den richtigen Moment erwischt. Gibt es den überhaupt?

Um nicht in unendliche Grübelei zu verfallen, entschließe ich mich dazu, beim *Eis-Kally* einen großen

Becher mit zwei Kugeln Stracciatella und zwei Kugeln Cookie-Eis zu kaufen und löffele, wehmütig mit Blick auf die wunderschöne Nordsee, meinen Becher aus.

Emilia

Marvin und ich sind auf der Rückfahrt vom Gestüt Thormählen und ich bin total erschlagen. So anstrengend habe ich mir die Verhandlungen mit einem Kunden nicht vorgestellt. Mich wundert es langsam überhaupt nicht mehr, dass Alexandra krank geworden ist und dass sie so verbissen auf die Leute zugeht. Sie scheint immer mit einer Portion Kälte zu rechnen, die sie im Vorfeld mit ihrer Haltung abwenden möchte.

Mein Blick schweift zu Marvin. »Und, was steht heute noch so an?«, frage ich.

»Nicht mehr viel, glaube ich.« Er schiebt seine Sonnenbrille nach oben und schaut mich, mit Blick auf die vor uns liegende Straße, von der Seite an. »Hast du Lust heute Abend etwas essen zu gehen?« Überrascht schaue ich Marvin an und stimme kurzerhand zu. Bei so einem Schickimicki-Laden wäre ich allerdings abgeneigt.

»Ich hätte Lust auf Spaghetti. Lass uns ins *Michelangelo* in der Innenstadt gehen! Dort treffen wir bestimmt keine Kunden von *Maxfield*.« Wir müssen beide schmunzeln und Marvin pflichtet mir bei.

Nachdem er mich in der Penthouse-Wohnung abgesetzt hat, um mich noch umziehen zu können, schreibe ich Alexandra eine Nachricht.

Hey Alexandra,

Marvin hat mich gerade zu Hause abgesetzt.

Ich bin völlig erledigt. Kaputt, aber ganz zufrieden. Den

Thormählen mag ich nicht,

aber seine Pferde sind toll.

Vor allem die Fohlen sind zuckersüß.

Wie ist es dir ergangen?

Warst du in der Stadt? Marvin holt mich nachher ab.

Wir gehen im Michelangelo etwas essen.

Konnte Frau Cooper noch nicht ansprechen, dass sie mir

den Opel reserviert.

Mache ich gleich morgen. Versprochen.

Melde mich noch mal,

wenn ich vom Essen zurück bin.

Vermiss dich ganz doll.

Deine Emi

In meinem Kleiderschrank bin ich auf der Suche nach etwas Leichtem, da es heute wieder ganz schön warm ist. Sogar heute Abend brennt die Sonne noch mächtig vom Himmel. Mir sticht das weiße Trägerkleid von *Chanel* ins Auge, das mir Alexandra zu meinem letzten Geburtstag geschenkt hat. Niemals hätte ich mir mal träumen lassen, dass ich so ein Kleidungsstück besitzen würde. Alexandra macht immer teure Geschenke und bestimmt nicht, weil sie damit angeben will, wie viele meinen, sondern einfach, weil sie es sich leisten kann.

Mittlerweile habe ich mich daran gewöhnt, so reich

beschenkt zu werden. Aber das Wichtigste ist mir immer, dass sie an mich gedacht hat, obwohl sie so ein arbeitsreiches Unternehmerleben führt. Über gemeinsame Zeit würde ich mich aber noch viel mehr freuen, weil das immer auf der Strecke bleibt. Bis heute.

Fast zwei Stunden später treffe ich mit Marvin beim *Michelangelo* ein und wir bekommen einen schönen Tisch zugewiesen, mit Blick Richtung Hamburger Innenstadt. Zum Glück habe ich meine hohen Pumps angezogen, damit ich neben Marvin überhaupt zu sehen bin. Er ist wirklich gigantisch groß und sieht in seinem schwarzen Poloshirt lässig und unverschämt gut aus. Wenn ich nur wüsste, wie ich ihn in ein Gespräch verwickeln kann, damit er endlich kapiert, dass er dringend mit Alexandra sprechen muss.

Die Speisekarte hat es wirklich in sich und ich schwanke noch zwischen meinen leckeren *Spaghetti Mare* und der *Pizza Quatro Stagioni* mit Tomate, Mozzarella, Artischocken, Salami, Schinken und Champions. Mein Blick wandert durch den Raum, als plötzlich eine hochschwangere Frau mit einem älteren Herrn hereinkommt und zwei Tische neben uns Platz nimmt. Ihre blonden langen Haare erinnern mich unweigerlich an Alexandra. Was sie wohl gerade macht?

In der Zwischenzeit haben wir beim Kellner die Speisen bestellt und stoßen mit zwei Aperitifs auf den Abschluss beim Gestüt Thormählen an. Eigentlich ist die Atmosphäre total schön, wenn nicht ständig die blonde Frau vom Nachbartisch zu uns rüberschauen würde. Langsam finde ich es etwas lästig. Marvin sitzt mit dem Rücken zu ihr, so dass er es gar nicht mitbekommen kann.

Endlich wird unser Essen serviert und mir knurrt laut der Magen. Ich habe mich dann doch für die Pasta entschieden und Marvin hat sich ein Rinderfilet vom Grill bestellt. Es duftet herrlich und mein Magen duldet keinen Aufschub mehr. Hastig fange ich an zu essen, bis ich mich schwerfällig nach hinten lehne. Das war jetzt doch zu schnell. Ich atme laut aus und Marvin schaut zu mir rüber.

»Hat sich Alexandra mal bei dir gemeldet?«

»Wir schreiben uns täglich und telefonieren auch zwischendurch. Warum fragst du?« Bevor er antworten kann, steht die Frau am Nachbartisch auf und steuert unseren Tisch an. Sie stellt sich auf die Höhe von Marvin und schaut ihn von der Seite an.

»Marvin?«, fragt sie sichtlich aufgebracht.

Marvin schaut zu der Frau auf und ich verfolge die Szene mit offenem Mund. Was will die von ihm?

»Sandra?«, räuspert sich Marvin und steht auf. Er reicht ihr die Hand, sie aber umarmt ihn, als würden sie sich schon ewig kennen.

»Willst du mich deiner Begleitung nicht vorstellen?«, fragt die blonde Frau interessiert. Marvin räuspert sich erneut.

»Das ist Emilia Maier. Eine Freundin von Frau Marquardt.« Sie reicht mir die Hand, ihre aufgesetzte Miene ist nicht zu übersehen.

»Ich wusste gar nicht, dass Frau Marquardt Freunde

hat. Als ich noch in der Agentur gearbeitet habe, da war die ja eine richtige Giftspritze. Naja, Sie sind ja noch ziemlich jung, vielleicht können Sie noch etwas von ihr lernen. Kohle machen, kann sie ja, das muss man ihr lassen.« Zornig entziehe ich meine Hand und runzele die Stirn.

»Ihrer Aussage entnehme ich mal, dass Sie wohl neidisch sind, weil es bei Ihnen nur für eine Schwangerschaft gereicht hat. Das Kind tut mir jetzt schon leid«, gifte ich zurück. Irritiert schaut die Frau zu Marvin, der sich gerade ein Lachen verkneift.

»Bitte?« Mürrisch zupft sie an ihrem Oberteil, das aufgrund der Größe ihres Bauches ziemlich spannt. »Sie werden schon noch merken, dass man es mit einer Frau Marquardt nicht lange aushält.« Da ich es hasse, wenn man so über Alexandra spricht, versuche ich ihr in einem möglichst ruhigen Ton entgegenzutreten.

»Da muss ich Sie leider enttäuschen. Ich wohne bereits seit zwei Jahren mit Frau Marquardt unter einem Dach und ich habe nicht die Absicht auszuziehen.« Mein Blick wandert an ihr vorbei, zu dem älteren Herrn, der wartend am Tisch sitzt und unsere Unterredung mitverfolgt. »Vielleicht suchen Sie sich auch so eine reiche Freundin, als so einen alten Hanswurscht.« Marvin fängt an zu lachen und entschuldigt sich sofort, als die Frau ihn böse ansieht. Zum Glück hat sie jetzt genug und nimmt wieder an ihrem Tisch Platz.

Marvin sieht mich entgeistert an und schüttelt lachend den Kopf.

»Was ist?«, frage ich genervt nach. »Die hat doch nicht mehr alle Latten am Zaun! Wie kann die so über Alexandra reden?! Dämliche Kuh! Wahrscheinlich die Hormone oder so.«

»Bestimmt«, grinst Marvin zurück und beugt sich zu mir über den Tisch. »Eins muss ich dir ja lassen. Du hast schon viel von Alexandra gelernt. Dein Ton spricht Bände, Emilia Marquardt.« Ich forme einen Schmollmund und ziehe die Stirn kraus.

»Du und deine Alexandra. Wenn ich das vorher gewusst hätte, dann hätte ich dich bestimmt nicht zu ihr geschleppt«, grinst er weiter.

»Alexandra ist das Beste, was mir passieren konnte. Und du weißt, dass es mir nicht ums Geld geht, sondern darum, solch einen lieben Herzensmensch an meiner Seite haben zu dürfen. Ich hätte Alexandra nie getroffen, weil ich überhaupt nicht in euren Kreisen verkehre. Dass du mich ihr vorgestellt hast, dafür bin ich dir ewig dankbar, Marvin! Wirklich.«

Und eigentlich klingt doch *Emilia Marquardt* gar nicht so schlecht. Innerlich muss ich grinsen.

Zum Ausklang unseres Abends bestellen wir noch Tiramisu, das ich genussvoll auf der Zunge schmelzen lasse, als mir Marvin erzählt, dass er mal mit dieser schrecklichen Person zusammen war. Die weniger schönere Geschichte ist, dass sie ihn verlassen hat, weil sie Kinder wollte. Da er in der Kindheit dreimal Mumms hatte, soll er zeugungsunfähig sein und deshalb hat sie das Weite gesucht. Noch ein Grund mehr, sie nicht zu mögen.

Nachdem Marvin bezahlt hat, brechen wir auf und er fährt mich zur Wohnung zurück. Um 23 Uhr liege ich endlich in meinem Bett und schreibe Alexandra noch schnell eine Nachricht.

Hallo Alexandra,
das Essen im Michelangelo war lecker.
Bin jetzt total erledigt und werde
bestimmt gleich einschlafen.
Der größte Stern am Föhrer Himmel bin ich.
Siehst du mich?
Deine Emi

Kurze Zeit später piepst mein Handy.

Alexandra:
Guten Abend!
Schön, dass Marvin mit dir
Essen war. Ich gehe mal davon
aus, dass der Termin beim
Gestüt positiv verlaufen ist.
Schlaf schön am Sternenhimmel.
Ich sehe dich und drück
dich ganz fest.
Deine Alexandra

Natürlich haben wir den Abschluss.
Kannst dich auf uns verlassen.
Oder vielleicht eher auf Marvin.

Der hat das Ding gerockt.

Schlaf du auch gut!

Dicken Schmatzer ☺

☺

Erschöpft, aber irgendwie auch stolz, dass ich Alexandra vor der blonden Frau verteidigt habe, liege ich zufrieden im Bett. Alles um mich herum ist still, bis auf die tickende Uhr, die auf meinem Nachttisch steht.

Ich denke noch mal über das Gespräch mit Marvin nach und schrecke hoch. Hat er nicht gesagt, dass er keine Kinder zeugen kann, weil er mehrmals Mumms hatte?! Das kann doch nicht sein. Alexandra war doch von ihm schwanger? Ich muss mit Alexandra reden oder besser mit Marvin. Ich schlage mir die Hand vors Gesicht und kann nicht glauben, was ich vermute. Entweder hat sie gar nicht abgetrieben oder Marvin täuscht sich und er ist doch nicht zeugungsunfähig. Dass Alexandra mich angelogen hat, scheidet gänzlich aus, so kann nur Marvin der Vater gewesen sein. Oder vielleicht doch ihr Ex Robert?

Am nächsten Morgen wache ich total gerädert auf, weil ich mich die ganze Nacht hin und her gewälzt habe. Der Gedanke, dass Marvin vielleicht gar nicht der Vater gewesen sein könnte, macht mich regelrecht fertig, weil ich weiß, wie sehr Alexandra darunter leidet, dass sie damals nicht mit Marvin gesprochen hat.

Mein Gedankenkarussell stoppt, als es an der Tür

klingelt. Schwerfällig schlurfe ich zur Gegensprechanlage. Es ist der Postbote, der ein Einschreiben für mich hat. Irritiert öffne ich das Schreiben und erschrecke. Die von mir damals unterzeichnete Bürgschaft für meinen Exfreund Tom wird fällig gestellt. Die Sparkasse fordert 8.200 Euro in den nächsten 14 Tagen. Ich blicke ins Leere und lasse mich langsam in den Sessel gleiten. Tom wollte sich nach seiner Entlassung bei seinem früheren Arbeitgeber selbstständig machen und damit er ein Darlehen aufnehmen konnte, habe ich für ihn gebürgt. Ich konnte ja nicht wissen, dass ich tatsächlich mal würde zahlen müssen. Verdammt! Was kommt denn noch alles? Wütend stampfe ich mit einem Fuß auf den Boden und bin den Tränen nahe. Wo soll ich denn jetzt auf die Schnelle so viel Geld herbekommen? Eine Träne kullert mir die Wange hinunter, bis es unaufhaltsam immer mehr werden und ich kurz davor bin, Alexandra anzurufen. Ich entscheide mich aber letztendlich dagegen, weil ich nicht möchte, dass sie sich auch noch um mich sorgt.

Verheult und müde treffe ich kurze Zeit später in der Agentur ein und gehe durch den Hintereingang direkt in Alexandras Büro. Erschöpft lasse ich mich in ihren tollen Ledersessel fallen und starre auf den Computer.

»Emilia! Einen schönen guten Morgen wünsche ich Ihnen.« Frau Cooper kommt mit ihrer immer guten Laune zu mir an den Schreibtisch und schaut mich mit großen Augen an.

»Sagen Sie nichts, Frau Cooper! Heute ist kein guter

Tag, zumindest nicht für mich.« Sie setzt sich neben mich auf einen Stuhl und streicht mir über den Arm.

Wieder muss ich anfangen zu weinen und falle ihr um den Hals. Erschrocken löse ich mich wieder von ihr, als ich merke, dass ich die Nähe von Alexandra so schmerzlich vermisse und auch Frau Cooper das nicht ändern kann. Niemand kann das. Ich vermisse sie so sehr und es fühlt sich an, als hätte ich sie verloren, weil sie nicht hier bei mir ist.

»Was ist denn passiert, Emilia? Kann ich irgendetwas für Sie tun?«

»Es prasselt gerade alles auf mich ein und in der Agentur gibt es ja auch nicht gerade wenig zu tun. Alles ein bisschen viel in letzter Zeit.« Ich schmunzele gequält und Frau Cooper wischt mir noch eine Träne von der Wange. Sie ist nicht nur Alexandras Sekretärin, sondern auch die treue Seele des Hauses.

»Aber das ist doch nicht alles, oder?«, versucht Frau Cooper Näheres zu erfahren.

»Ich hab heute Morgen ein Schreiben von der Sparkasse bekommen. Die wollen von mir in spätestens zwei Wochen ein paar tausend Euro, weil ich für meinen Exfreund gebürgt habe. Ich hab´ aber nicht so viel Geld.« Krampfhaft versuche ich meine Tränen zu unterdrücken, als Frau Cooper meine Hände umfasst.

»Reden Sie mit Frau Marquardt! Sie wird Ihnen helfen, ganz bestimmt.« Verzweifelt springe ich auf und laufe zur Fensterfront.

»Ich kann ihr das nicht sagen. Sie hat mir schon mal ausgeholfen, als ich bis zum Hals im Dreck gesteckt habe. Außerdem soll sie sich erholen und dann möchte nicht ausgerechnet ich der Grund sein, warum sie daran gehindert wird.«

»Dann reden Sie wenigstens mit Herrn Hover! Vielleicht kann er Ihnen helfen«, versucht Frau Cooper beizupflichten.

»Wer soll mit mir reden? Schönen guten Morgen zusammen!«, ruft uns Marvin entgegen, als er das Büro betritt. Frau Cooper nickt mir zu und geht zurück an ihren Arbeitsplatz. Marvin blickt in mein verheultes Gesicht und runzelt die Stirn.

»Wie siehst du denn aus? Hast du die Nacht durchgemacht?«

»Ha, ha. Sehr witzig. Nein, ich habe heute Morgen ein Schreiben von der Sparkasse bekommen.«

»Von der Sparkasse? Soweit ich weiß, hat Alexandra keine Konten bei der Sparkasse«, gibt Marvin irritiert zurück.

»Die wollen ja auch was von mir. Ich soll innerhalb der nächsten zwei Wochen 8.200 Euro zahlen, weil ich für Tom gebürgt habe.« Mit gesenktem Kopf stehe ich vor Marvin und hoffe, dass er Verständnis für mich hat.

»Und du hast das Geld nicht?« Ich schüttele den Kopf und schnäuze meine Nase.

»Die Summe ist kein Problem. Die könnte ich dir leihen, aber ich finde es besser, wenn du Alexandra um Hilfe bitten würdest. Du weißt ja, dass sie davon nicht begeistert ist, wenn du mit deinen Problemen nicht zu ihr kommst.« Traurig blicke ich Marvin an und nicke bedachtsam. Ich habe es befürchtet, dass er mich zu ihr schickt.

Da heute wieder viel Arbeit in der Agentur ansteht und Marvin eine Besprechung nach der anderen hat, habe ich mich heute zu Anja ins Büro verkrümelt, um wenigstens durch sie etwas Aufmunterung zu bekommen. Sie war über mein verheultes Gesicht zwar auch verunsichert, aber ich wollte ihr nicht auch noch sagen, dass ich für eine Bürgschaft blechen muss. Sie hätte mir kilometerlange Vorwürfe gemacht und am Ende hätte es auch nichts gebracht.

Am späten Nachmittag erhalte ich auf meinem Handy eine neue Nachricht.

Alexandra:
Hey Emi! Bist du
im Stress? Wollte nur mal
nachfragen, ob du dieses
Wochenende nach Föhr kommst.
Vermisse dich ganz arg.
Liebe Grüße Alexandra

Mist, nicht das auch noch. Was soll ich denn jetzt bloß machen? Ich kann ihr unmöglich unter die Augen treten. Vielleicht kann ich doch ohne ihre Hilfe das Geld beschaffen. So lange ich das nicht weiß, werde ich nicht nach Föhr fahren. Ich kann das nicht.

Hallo Alexandra,

in der Agentur ist so viel zu tun.

Ich schaff das leider dieses Wochenende nicht.

Lass es uns verschieben, ja?

Ich denke dauert an dich.

Deine Emi

Ich hasse das, wenn ich lügen muss, aber ich kann ihr das mit der Bürgschaft nicht sagen.

Keine fünf Minuten später klingelt mein Handy. Alexandra! Nein, bitte nicht. Was soll ich ihr denn sagen? Zögerlich nehme ich das Gespräch entgegen. »Hallo du«, kommt es leise aus mir heraus.

»Emi, was ist mit dir? Du hast doch was.« Ich blicke mit feuchten Augen zu Anja, die mich entgeistert ansieht.

»Hier ist einfach viel zu tun, ehrlich.«

»Emi, hör auf damit! Ich habe Mitarbeiter, die dafür bezahlt werden. Du musst in der Agentur nicht arbeiten. Sag mir jetzt bitte, was du hast!« Zu einer Antwort komme ich nicht mehr, da ich unweigerlich anfange zu weinen. Über mich stürzt gerade alles zusammen und ausgerechnet vor Alexandra wollte ich das geheim halten.

»Hey! Was hast du denn? Soll ich nach Hamburg kommen?«

»Nein, musst du nicht. Du sollst dich erholen. Ich schaff das schon, aber ...« Meine Stimme versagt und ich stütze meinen Kopf auf.

»Aber?«, fragt sie vorsichtig nach.

»Du fehlst mir schrecklich. Das tut so weh«, presse ich mit verweinter Stimme heraus.

»Emi, ich komm nach Hamburg. Das hat doch so keinen Sinn.«

»Nein! Du bleibst auf Föhr und ich regele das hier. Ich schaff das. Versprochen. Ich melde mich später noch mal bei dir, ok?«

Eigentlich würde ich mir nichts mehr wünschen, als dass Alexandra plötzlich hier auftauchen würde. Aber ihre Gesundheit geht vor und ich werde auch das meistern, so, wie ich alles andere auch schon hinbekommen habe.

Alexandra

»Ich kann jetzt kein Yoga machen. In meinem Kopf, läuft ein Kinofilm und ich weiß nicht, ob ich wieder die Hauptrolle übernommen habe.« Professor Hagen sieht mich besorgt an, bevor er wieder seinen Blick auf den Computer richtet.

»Ihre Werte sind leider immer noch nicht so, wie wir uns das vorgestellt haben. Selbst nach fünf Wochen sehe ich keine wirkliche Besserung. Sie müssen Entspannungstechniken machen, Frau Marquardt! Haben Sie sich inzwischen über einen Yoga- oder Pilateskurs informiert? Hier auf der Insel wird dazu einiges angeboten.« Ich lehne mich im Stuhl zurück, verschränke meine Arme und schaue seitlich zum Fenster hinaus.

»Sie wirken heute, im Gegensatz zu unseren letzten Terminen, auf mich sehr angespannt. Kann das sein?« Professor Hagen zieht sein schullehrerhaftes Gesicht auf und ich würde am liebsten vor Zorn platzen.

»Wie würden Sie sich denn fühlen, wenn Sie von 200 auf 0 runtergefahren werden?! Mein Unternehmen existiert ja noch, so ist es ja nicht. Ich war immer diejenige, die die Fäden in der Hand gehalten hat. Und jetzt wäre es allen Recht, wenn ich den ganzen Tag im Bett bleiben würde. Ich soll mich bloß nicht aufregen, alles wird von mir ferngehalten. Selbst meine beste Freundin lässt sich von mir nicht mehr helfen.« Genervt blicke ich an die Wand und schließe kurz meine Augen.

»Es ist mir durchaus bekannt, Frau Marquardt, dass Sie ein Arbeitstier sind, aber finden Sie nicht, dass Sie auch mal ein Recht auf Ruhe und Erholung haben? Und was ist daran so schlecht, wenn andere mal auf eigenen Beinen stehen. Lassen Sie los, lassen Sie sich mal treiben! Genießen Sie das schöne Wetter, das wir zurzeit auf Föhr haben und machen Sie genau das, worauf Sie gerade Lust verspüren!« Mit diesem Satz verabschiedet sich Professor Hagen von mir und ich trete vor die Tür, atme die salzige Luft ein und mache jetzt genau das, worauf ich in diesem Moment Lust habe.

Ich fahre zum Ortausgang von Wyk, zum Reitstall von Nathalie Severin. Da ich früher dort sehr oft geritten bin und Nathalie mich kennt, kann ich ohne Weiteres einen dunkelbraunen, imposanten Wallach satteln. Er heißt *Boomerang* und seine lange schwarze Mähne ist ein Traum, seine Augen sind klar und groß und in seinen Nüstern schimmern die Adern. Zu dem sind sein Hals und seine Hinterhand perfekt bemuskelt, was den Eindruck hinterlässt, dass er gut durchtrainiert ist.

In kürzester Zeit bin ich am Strand von Nieblum und im Moment ist Ebbe. Boomerang ist ganz ruhig, als ich mit ihm aufs Meer hinausreite. Es sind nicht viele Menschen unterwegs, so dass ich alles von mir abfallen lassen kann. Ich greife die Zügel nach, schließe die Knie, lege den rechten Schenkel nach hinten, treibe mit der linken Wade an und gehe in den leichten Sitz. Boomerang macht sich rund, wölbt den Rücken auf und springt in den Galopp. Mit rasanter Geschwindigkeit galoppieren wir am Strand entlang und ich kann jeden Hufschlag wahrnehmen. Er schnaubt entspannt und lässt seine ganze Power raus. Seine Mähne fliegt im Wind und ich greife immer wieder die Zügel nach, weil er immer schneller wird und offenbar genauso viel Spaß hat wie ich. Dieser Moment, dieser Wind im Gesicht, diese Freiheit zu spüren, das ist Glück pur. Ich merke, wie mir der Wind ein paar Tränen über die Wangen bläst. Meine Haare wehen sanft im Wind und ich bin völlig gelöst. Endlich, seit Jahren fühle ich mich so frei und denke an nichts. Ich klopfe *Boomerang* mehrmals den Hals, während wir in die unendliche Weite galoppieren. Am Horizont kann man die Sonne untergehen sehen. Glutrot verneigt sie sich vor der Erde. Ein wahnsinniges Gefühl. Ich pariere *Boomerang* zum Schritt durch und reite mit ihm entspannt an den Dünen entlang zurück zum Stall.

Als ich an meinem Haus ankomme, setze ich mich auf die Bank, die vor dem Eingang steht und strecke meine Beine aus. Alles in mir vibriert und es fühlt sich so an, als würde ich immer noch im Sattel sitzen. Meine Muskeln sind warm und ich spüre mich seit langem selbst mal wieder.

Noch ganz berauscht gehe ich ins Haus und husche unter der Dusche durch, bevor ich mich auf den Weg zum Wellness Resort am Südstrand aufmache. Dort möchte ich endlich mal in einem der schönsten Restaurants der Insel essen gehen. Aber zuerst muss ich Emi noch kurz schreiben.

Hey Süße,
du glaubst nicht, wo ich gerade herkomme.
Ich war Reiten und es war traumhaft!
Einfach nur schön.
Ich vermisse dich und hoffe,
dass du mir endlich sagst, was mit dir los ist.
Bitte, Emi.
Ich drück dich aus der Ferne.
Deine Alexandra

Eine gute Stunde später stehe ich in der Eingangshalle des Wellness Resorts und staune über die Architektur. Ein edler Bau mit imposantem Innenleben. Ich schmunzele und begebe mich Richtung Restaurant. Weil es auch heute Abend noch so herrlich ist, entscheide ich mich für einen Tisch auf der Terrasse. Das Meer wird an die Brandung gespült und die Möwen schreien im Chor. Ich schlage mir die Hände vor das Gesicht, weil ich mich so gut fühle und ich so gelöst von allem bin.

»Entschuldigung. Möchten Sie etwas bestellen?« Ich schrecke hoch und sehe, dass der Kellner mir die Speisekarte reichen möchte. Ich nicke und bestelle gleich eine Apfelsaft-Schorle. Mein Blick weicht von der Speisekarte immer wieder ab zum Meer und ich kann mich nur schwer entscheiden, was ich bestellen soll. Es hört sich alles sehr gut an. Auch das Restaurant ist mit schönstem Mobiliar ausgestattet und lässt keine Wünsche offen. Bunte Ledersessel reihen sich um helle Holztische. Aber das Highlight dieses Restaurants ist der freie Blick in die offene Show-Küche. Hier war definitiv ein Profi am Werk.

Nachdem ich die Zubereitung meiner Speise verfolgen konnte, wird mir vom Ober das Lachsfilet mit geschmortem Scheerkohl serviert. Der Duft von Fisch und Gemüse steigt mir in die Nase.

Während des Essens verfolge ich die dunkelhaarige Dame am Nachbartisch, die ununterbrochen telefoniert und dabei auf ihren Lap-Top starrt. Vor nicht allzu langer Zeit ging es mir nicht anders. Mir wird immer mehr bewusst, wie sehr ich mein neues Leben schätze.

Kurze Zeit später bezahle ich die Rechnung und gehe zum Eingangsbereich, um mich über das Haus näher informieren zu können. Einige Informationsstände mit Prospekten können hier erkundet werden.

»Frau Marquardt?« Ich folge meinem Namen und sehe Herrn Winter zu mir herlaufen. Er ist ein Investor und hatte etliche Jahre mit meinem Vater zusammengearbeitet, bis dieser verstarb.

»Herr Winter! Schön, Sie mal wieder zu sehen. Was machen Sie auf Föhr?«, frage ich neugierig. Herr Winter bittet mich an die Bar und erzählt, dass der Inhaber des Resorts sich übernommen hat und man jetzt händeringend einen Käufer sucht.

»Wäre das nichts für Sie, Frau Marquardt? Neben Maxfield könnte ich mir das sehr gut vorstellen und bei Ihrem Know-how.« Lächelnd wartet er auf meine Reaktion. Da ich aber immer noch durch meinen Ausritt im Glücksrausch bin, habe ich für geschäftliche Gespräche überhaupt keinen Kopf und lehne dankend ab. Außerdem kann ich mir bei meinem Gesundheitszustand unmöglich noch mehr aufhalsen, aber das muss Herrn Winter nicht interessieren.

Beim Abschied drückt er mir seine Visitenkarte in die Hand, falls ich es mir doch noch anders überlegen sollte. Völlig entspannt laufe ich am Strand entlang zurück zum Haus. Wenn ich ehrlich bin, dann denke ich schon über das Resort nach. Es ist das, was ich eigentlich immer schon wollte. Luxus, Wellness, Lifestyle. Und das alles auf Föhr. Eine verlockende Vorstellung.

Als ich nach oben ins Schlafzimmer gehen will, klingelt es an der Haustür. Wer das wohl ist um diese Uhrzeit? Ohne weiter zu überlegen öffne ich die Tür und erstarre.

»Guten Abend, Alexandra. Wir müssen reden!« Robert?!

»Ich wüsste nicht, was wir noch zu bereden haben und jetzt geh bitte!« In Sekundenschnelle stellt Robert seinen Fuß in den Türspalt und hindert mich daran die Tür zu schließen. Sein Blick ist hasserfüllt und ich weiß nicht, wie ich ihn loswerde. Er stößt die Tür auf und läuft an mir vorbei Richtung Wohnzimmer. Ich folge ihm und bin extrem angespannt. Von meinem Glücksrausch am

Nachmittag ist nichts mehr zu spüren. Dafür schlägt mir mein Herz bis zum Hals.

Ohne ein Wort läuft er auf mich zu und versucht mich zu küssen. Ich entziehe mich ihm und laufe auf die andere Seite des Raumes.

»Robert! Was willst du hier?!«, frage ich entsetzt.

»Das weißt du nicht mehr? Jetzt bin ich aber enttäuscht, mein Liebling.«

»Ich bin nicht mehr dein Liebling! Verschwinde jetzt!«

Leider macht er keine Anstalten, sich zu bewegen und stützt sich lässig an der Arbeitsplatte der offenen Küche ab.

»Wir können das hier ganz schnell abkürzen. Du gibst mir die Million und siehst mich nie wieder. Ist das kein Deal?« Robert fängt an zu lachen und ich weiß nicht, ob es besser wäre, ihm das Geld zuzusagen oder es auf das Äußerste ankommen zu lassen.

Ich nehme den Klingelton meines Handys wahr. Den Klingelton, den ich für Emis Nummer gespeichert habe. Bevor ich mich versehe, greift Robert danach und drückt das Gespräch weg.

»Sieh an, die kleine Maier. Wie mir zu Ohren gekommen ist, hat die sich ja an dir ganz schön bereichert. Was hat die eigentlich, was ich nicht habe?« Fordernd steht er vor mir und sein Blick ist hasserfüllt.

»Wärme, Robert. Ganz einfach Wärme. Du strahlst so viel Kälte ab, du könntest in der größten Sommerhitze den Gefrierschrank ersetzen. Mir wird schlecht, wenn ich daran denke, dass ich mit dir mal verheiratet war.« Robert läuft wieder einen Schritt auf mich zu und schaut mir fest in die Augen.

»Wir haben uns doch mal geliebt? Oder nicht?«, steht er fragend vor mir.

»Du hast mein Geld geliebt und dich selbst. Von echter Liebe kann man hier nun wirklich nicht sprechen.« Sein Blick wirkt versteinert und er steht regungslos vor mir. Ich wende mich von ihm ab und renne zur Tür. Er umgreift meinen Oberkörper und drückt mich gegen die Wand.

»Das machst du nicht. Du wirst mir das Geld geben, bevor du es der kleinen Maier in den Rachen wirfst. Hast du mich verstanden?!« Voller Zorn steht er vor mir und hält mich immer noch krampfhaft fest. Mein Atem beschleunigt sich und ich merke, wie Angst in mir aufsteigt. Er packt mich an den Armen und schubst mich Richtung Treppe. Als wir im Schlafzimmer angekommen sind, wirft er mich auf das Bett und reißt meine Arme nach oben. Ich versuche mich mit aller Kraft zu wehren, aber ich bin ihm völlig ausgeliefert und durch meine Erkrankung in solch einem Extremfall noch viel zu schwach. Er hält mir den Mund zu und ich spüre und höre kurz darauf nichts mehr.

Emilia

Heute steht bei Maxfield wieder einiges auf dem Plan, aber zuerst werde ich bei Anja vorbeischauen. Sie hat sich ein paar neue Schuhe gegönnt und die wollte sie mir stolz präsentieren.

Gedankenversunken laufe ich den Gang hinunter zu ihrem Büro, als ich wieder an meinen Anruf an Alexandra denken muss. Sie hat mich noch nie weggedrückt. Auf meine Nachricht hat sie auch noch nicht reagiert. Ich mache mir ernsthaft Sorgen. Was ist, wenn es ihr wieder schlechter geht und sie mich braucht?

»Hey, liebste Freundin! Schön, dass du gleich vorbeigekommen bist, bevor wir uns hier wieder in die Arbeit stürzen müssen.« Grinsend steht Anja vor mir und blickt auf ihre Schuhe hinunter. »Toll, oder?« Quiekend steht sie vor mir und ihre Freude ist nicht zu übersehen. Knallrote Lackpumps mit mega hohen Absätzen. Rot ist ja nicht so mein Ding, aber sonst finde ich sie ganz schön. Ich nicke zustimmend und sie fällt mir um den Hals. Leider ist mein Gefühl immer noch so, dass ich kaum Nähe von anderen Menschen ertragen kann, außer von Alexandra. Anja fällt das offenbar recht schnell auf und so löst sie sich aus unserer Umarmung und schaut mich mit einem geformten Schmollmund an.

»Hey, Emilia. Geht`s dir nicht gut? Du bist so komisch.«

»Ich mach mir Sorgen um Alexandra. Sie geht nicht an ihr Handy und ruft auch nicht zurück. Selbst auf meine Nachricht hat sie nicht reagiert und auf die Frage von Marvin wegen der neuen Druckmaschinen kam auch keine Antwort. So kenne ich sie gar nicht.« Besorgt schaue ich Anja an.

»Na, deine Frau Marquardt wird schon nicht im Meer ertrunken sein.«

»Hör doch mal auf damit! Ich mach mir wirklich ernsthaft Sorgen. Da stimmt was nicht«, entgegne ich kopfschüttelnd.

Bevor wir weiterreden können, steht Marvin im Raum und will wissen, ob Alexandra sich gemeldet hat. Leider ist er wenig davon begeistert, dass sie sich nicht äußert.

»Wenn sie sich bei dir bis heute Abend nicht gemeldet hat, dann kann sie ihre Agentur wieder selbst führen! Schreib ihr das! Ich lass mich hier doch nicht zum Depp machen! Auch nicht von Alexandra!« Marvin ist sichtlich gereizt und Anja blickt mich mit hochgezogenen Augenbrauen an.

»Tut mir leid wegen vorhin. Was ist denn überhaupt los? Willst du nicht mit mir darüber reden?« Anja legt den Arm um mich und sieht mich mitfühlend an. Ich lächele zaghaft und wir verabreden uns für den Abend.

Leider hat sich Alexandra auch bis abends nicht zurückgemeldet und ich bekomme es wieder mal mit der Angst zu tun. Auch mein erneuter Anruf wird nicht entgegengenommen. Es klingelt zwar, aber es ist immer nur die Mailbox zu hören.

Verzweifelt suche ich Marvin in seinem Büro auf, der immer noch über den Akten hängt.

»Hallo Marvin! Hast du einen Moment?«, frage ich vorsichtig nach. Er hebt seinen Kopf in meine Richtung und nickt zustimmend.

»Hat sie sich gemeldet?«

Ich schüttele nur den Kopf und hoffe, dass Marvin mich nicht im Stich lässt. Er schnauft hörbar aus und ich gehe auf ihn zu, lehne mich an seinen Schreibtisch und fasse meinen ganzen Mut zusammen.

»Leg bitte mal die Akten zur Seite. Ich muss mit dir reden.«

Marvin runzelt die Stirn, wendet seinen Blick tatsächlich von den Akten ab und sieht mich entgeistert an.

»Ich weiß warum Alexandra dir seit Jahren aus dem Weg geht. Sie hat sich mir anvertraut, weil sie sehr verzweifelt ist. Ihre Mutter hatte dir gegenüber ja auch schon so Anspielungen gemacht, wo ich gehofft habe, dass sie sich ein Herz fasst und endlich mit dir spricht. Aber leider ist ihre Angst, dich zu verlieren, größer als alles andere. Es ist mir ein Rätsel, dass zwei erwachsene Menschen es zulassen, sich immer mehr auseinander zu leben, nur weil sie nicht miteinander reden.«

Marvin hört mir gespannt zu und ich habe den Eindruck, dass ich ihn mit meinen Worten gefesselt habe. Er scheint ziemlich ergriffen.

»Ich habe mehrmals den Versuch gestartet, mit ihr zu reden. Das weißt du, Emilia.«

»Du hättest aber nicht lockerlassen dürfen. Du liebst sie doch, oder?«

»Natürlich liebe ich sie. Mehr als alles andere. Sie ist der wichtigste Mensch in meinem Leben.« Als Marvin das ausgesprochen hat, wird mein ganzer Körper von einer Gänsehaut überzogen und mir schlägt mein Herz bis zum Hals. Ich kann meine Tränen kaum unterdrücken, versuche aber so ruhig wie möglich zu bleiben, weil ich das eigentliche Thema noch gar nicht angesprochen habe.

»Alexandra hat mir von eurer Nacht in Hannover erzählt. Von da ab war doch alles anders zwischen euch, oder?« Gespannt schaue ich ihn an.

»Ja. Kann sein.« Er zuckt mit den Schultern und scheint mir etwas verlegen, weil ich davon weiß.

»Sie wurde in dieser Nacht von dir schwanger und hat kurz darauf, als sie es erfahren hat, abgetrieben. Sie wusste nicht, ob du ein Kind von ihr willst, weil du immer wieder in Beziehungen warst und sie befürchtet hat, dass du keine feste Bindung mit ihr eingehen willst. Sie war ja auch zu der Zeit mit Robert liiert.« Marvin sieht mich mit offenem Mund an, bevor er seinen Blick auf den Boden richtet.

»Aber ich kann unmöglich der Vater gewesen sein. Von drei unabhängigen Ärzten hab ich bestätigt bekommen, dass ich keine Kinder zeugen kann.«

»Um so mehr musst du dringend mit ihr reden. Bitte, Marvin! Sie denkt seit neun Jahren, dass du der Vater warst. Wenn sie erfährt, dass du nicht in Frage kommen kannst, dann wird es ihr zwar erst mal den Boden unter den Füßen wegziehen, aber du kannst sie auffangen.« Erwartungsvoll blicke ich zu Marvin, der mich mit feuchten Augen ansieht.

Erschrocken fahren wir rum, als es an der Tür klopft und Frau Cooper hereinkommt.

»Entschuldigen Sie bitte, Herr Hover, dass ich hier so reinplatze, aber die Föhrer Bank hat eben angerufen. Man hätte vom Privatkonto von Frau Marquardt 500.000 Euro abheben wollen. Dem Bankberater kam das etwas seltsam vor und hat die Auszahlung nicht veranlasst, sondern stattdessen hier angerufen. Frau Marquardt könne er nicht erreichen.«

Marvin und ich sehen uns bestürzt an und ich glaube, er denkt gerade das Gleiche wie ich.

»Frau Cooper! Sagen Sie bitte für die nächsten zwei Tage alle Termine ab! Ich fahr nach Föhr und melde mich dann von dort aus.« Hastig läuft Marvin die Treppe hinunter und steigt in Alexandras Audi. Da ich solche Angst um sie habe, beschließe ich sofort mitzufahren und so sind wir auf dem Weg nach Föhr. Marvin wählt über die Freisprechanlage immer wieder und wieder Alexandras Nummer an, aber unsere Anrufe werden nicht entgegengenommen.

Zum Glück ist auf der Autobahn nicht ganz so viel Verkehr, so dass wir schon bald auf der Fähre das Auto abstellen. Marvin sieht blass und müde aus. Unser Gespräch scheint ihm ziemlich zugesetzt zu haben. Er lehnt seinen Kopf im Sitz nach hinten und atmet schwer aus.

»Hoffentlich treffen wir sie dort auch an«, sagt er leise.

»Ich hab solche Angst dass wir auf Robert treffen.«

»Wieso das denn?«, fragt Marvin von Entsetzen erfüllt.

»Als ich mit Anja auf Föhr war, da habe ich geglaubt, Robert gesehen zu haben.«

»Warum sagst du mir das denn nicht? Mit diesem Kerl ist nicht gut Kirschen essen.« Marvin reibt sich mit den Händen durch sein Gesicht und atmet schwer aus.

Ich starre geradeaus und hoffe, dass die Fähre endlich am Hafen anlegt, damit diese grausame Warterei ein Ende hat.

Endlich öffnet sich die Fährbrücke und wir können runterfahren. Auf direktem Weg fährt Marvin zu Alexandras Haus und stellt den Motor ab. Wir steigen beide gleichzeitig aus und laufen in schnellen Schritten zur Tür.

»Der Hausschlüssel liegt nicht an seinem Versteck!«, sage ich bestürzt. Marvin klingelt sturm und schaut dabei in alle Richtungen. Doch die Tür bleibt verschlossen. Auch der Blick durch die Fensterscheibe bleibt erfolglos.

Verzweifelt fahren wir zum Hafen zurück, stellen das Auto auf dem Inselparkplatz ab und laufen zu Jola ins Restaurant. Da dort wieder sehr viele Gäste zu Besuch sind, ist ein Durchkommen zu Jola kaum möglich. Durch mein Winken und Rufen kann sie mich letztendlich sehen und kommt zu uns nach draußen gelaufen.

»Ja, Herzchen. Wie geht`s denn dir? Bist du Freundin besuchen?«, will Jola wissen.

»Hallo Jola. Wir sind auf der Suche nach Alexandra. Wir konnten sie am Haus nicht antreffen und ans Telefon geht sie auch nicht. Hast du sie vielleicht irgendwo gesehen oder war sie vielleicht bei dir?« Hoffnungsvoll schaue ich Jola an.

»Sie war hier. Ist schon länger als zwei Tage her. Seitdem habe ich nicht mehr sie gesehen.« Jola schmunzelt und sieht zu Marvin. »Sie müssen Marvin sein. Zumindest passt Beschreibung zu Ihnen von Emilia.«

Marvin schaut verlegen und reicht Jola die Hand zur Begrüßung. Da uns Jola auch nicht wirklich helfen kann, entscheiden wir uns auf der Promenade nachzusehen. Viele alte Menschen, Kinder und Hunde sind unterwegs. Die Insel ist immer noch sehr überfüllt und ziemlich laut.

Nach drei Stunden Sucherei entschließen wir uns, zurück zum Auto zu gehen und treffen auf halber Strecke Frau Blume an. Sie ist die Haushälterin und kümmert sich immer um alles, wenn Alexandra in Hamburg ist.

»Hallo Frau Blume!«, ruft Marvin ihr zu.

»Ach, Herr Hover! Sind Sie auch mal wieder auf Föhr?« Freudig streckt Frau Blume uns die Hand entgegen.

»Haben Sie zufällig Frau Marquardt die letzten Tage gesehen?«, fragt Marvin besorgt nach.

»Die letzten Tage nicht mehr, aber sie scheint noch auf der Insel zu sein. Aber Herr Marquardt war da.« Meine Knie werden weich und ich sehe erschrocken zu Marvin, der ebenfalls alarmiert aussieht.

»Wie Herr Marquardt war da?!«, wiederholt Marvin.

»Ja, erst gestern habe ich ihn auf dem Grundstück gesehen. Er hatte wieder diese rothaarige Frau dabei.«

»Können Sie mir den Haustürschlüssel geben, Frau Blume?!«

»Nein, den habe ich Herrn Marquardt gegeben, als er danach gefragt hat.« Bestürzt sieht Marvin zu mir rüber und wir rennen zeitgleich zum Auto.

Am Haus angekommen, zerrt Marvin an der Türklinke und wir rufen mehrmals Alexandras Namen. Es bewegt sich aber nichts. Wir laufen um das Gebäude herum, um irgendetwas Verdächtiges sehen zu können. Panisch greift Marvin nach einem größeren Stein und schmeißt die Fensterscheibe zum Wohnzimmer ein. Sie zerbricht in tausend Einzelteile und wir steigen vorsichtig durch das Loch.

»Alexandra? Alexandra? Bist du da?« Immer wieder rufen wir ihren Namen, aber unsere Laute werden nicht erwidert.

Zum Schluss laufen wir die Treppe zum Schlafzimmer hinauf und stoßen die Tür auf.

Ich erstarre und mein Herzschlag fliegt Loopings. Mit Entsetzen sehe ich Alexandra in ihrem Bett liegen. Gefesselt und mit einem Tape auf dem Mund. Marvin läuft zu ihr und befreit sie.

»Emilia, hol schnell ein Glas Wasser! Sie scheint kurz vorm Verdursten zu sein! Ihre Lippen sind schon ganz trocken! Meine Güte, Alexandra!« Ich reiche Marvin das Glas und er lässt es vorsichtig in ihren Mund laufen.

»Ruf diesen Professor an! Diesen Hagen. Bei dem ist sie doch in Behandlung. Er soll sofort kommen!« Ich scrolle hastig durch mein Handy um die Nummer des Arztes zu finden. Herr Hagen ist ebenfalls bestürzt und will sich sofort auf den Weg machen.

Alexandra blinzelt mit den Augen und spricht ganz leise unsere Namen. Mir laufen unweigerlich Tränen übers Gesicht und schaue zu Marvin, der Alexandra liebevoll den Kopf stützt und sie nicht mehr loslässt.

»Mein Mädchen. Was machst du denn für Sachen?«, spricht er sie behutsam an.

»Robert.« Alexandra ist so schwach, dass wir sie nur ganz schwer verstehen.

»Robert?!«, fragt Marvin nochmal. Sie nickt nur und greift langsam nach meiner Hand.

»War das Robert? War er hier?« Alexandra nickt erneut und Marvin legt seine Hand auf ihre Wange.

Inzwischen ist Professor Hagen gekommen und untersucht Alexandra. Zum Glück benötigt sie nur viel Flüssigkeit, weil ihr Elektrolythaushalt sehr geschwächt ist. Vermutlich hat sie die letzten Stunden nichts mehr getrunken. Wir wissen ja nicht, wie lange sie hier schon liegt. Voller Sorge weichen wir nicht von Alexandras Seite. Sie bekommt eine Infusion angehängt und etwas gespritzt. Danach ist der Arzt auch schon wieder weg.

Damit Alexandra schlafen kann, gehen wir runter ins Wohnzimmer. Marvin läuft aufgebracht auf und ab.

»Meinst du, Robert ist noch auf der Insel?«, frage ich ängstlich.

»Möglich. Wenn ich den zwischen die Finger bekomme,

dann bring ich ihn um!« Wir erschrecken, als wir einen Schlüssel im Schloss hören. Marvin zeigt mir mit einer Handbewegung, dass ich mich hinter dem Küchenschrank verstecken soll. Mein Puls rast und meinen Herzschlag könnte man gefühlt auf ganz Föhr hören. Es ist tatsächlich Robert, der bereits die Treppe hinauf zum Schlafzimmer läuft. Marvin schleicht ihm hinterher und ich versuche irgendwie meinen Atem unter Kontrolle zu bringen. Panik steigt in mir auf und ich komme mir vor wie in einem Krimi. Vorsichtshalber rufe ich die Polizei über mein Handy.

Vor den letzten Stufen höre ich einen Schrei. Ich laufe hastig nach oben und verfolge das Geschehen. Marvin greift Robert von hinten und reißt ihn die Treppe hinunter. Schnell laufe ich hinterher und stehe schockiert an der Wand. Marvin holt aus und schlägt dermaßen brutal auf Robert ein, dass dieser in kürzester Zeit blutig auf dem Boden liegenbleibt.

»Du bist ein Arschloch, Robert!«, schreit Marvin ihn an. Er ist außer sich und auch er blutet an seiner rechten Hand. Bevor er sich von ihm wegdreht, tritt Marvin ihm noch in die Rippen. »Und das ist noch von Emilia, die du damals so zugerichtet hast!« Ich zucke zusammen und verspüre diesen schrecklichen Schmerz, den mir Robert vor zwei Jahren zugefügt hat, als er mich verprügelt hat. Er war zutiefst verletzt, weil Alexandra sich mit mir angefreundet hat. Bis heute kann ich diesen Schmerz nicht vergessen. Mit aufgerissen Augen starre ich auf den Boden.

Kurze Zeit später hat sich Robert wieder aufgerichtet

und wird von der Polizei abgeführt. Ein schrecklicher Moment für uns alle.

Völlig fertig sehe ich Alexandra in der Tür zum Wohnzimmer stehen. Ich gehe auf sie zu und nehme sie einfach nur in den Arm. Ihre Nähe tut so gut und ich bin unendlich froh, dass Marvin jetzt Bescheid weiß. Ich löse mich von ihr und schaue zu ihm. Alexandra geht auf wackeligen Beinen auf Marvin zu und er steht jetzt direkt vor ihr.

»Ich muss mit dir reden, Marvin.« Ihre Stimme ist nur ein Flüstern, so schwach ist sie noch. Marvin nimmt ihr Gesicht in seine Hände, so, wie es Alexandra immer bei mir macht.

»Emilia hat mir das mit der Abtreibung erzählt. Ich kann aber unmöglich der Vater gewesen sein. Ich bin zeugungsunfähig, Alexandra.«

Entsetzt blickt sie Marvin an und Tränen laufen ihr über das Gesicht. »Ich war doch aber schwanger.«

»Aber nicht von mir, mein Schatz.« Marvin räuspert sich und streicht Alexandra über den Rücken. »Hattest du nicht zwei oder drei Wochen vor Hannover eine dicke Grippe und hast Antibiotika eingenommen?« Gedankenvoll schaut Alexandra Marvin ins Gesicht. »Und da hatte ich noch mal mit Robert geschlafen. Das letzte Mal. Die Pille hatte vermutlich durch die Antibiotika keine Wirkung.« Alexandra sieht zu mir und dann wieder zu Marvin, bevor sie weinend in Marvins Armen zusammenbricht. Er nimmt sie auf seinen Arm und legt sein Gesicht auf ihre Wange. »Mein Mädchen. Warum hast du mir das jahrelang verschwiegen? Ich liebe dich doch so sehr.«

Alexandra

Inzwischen sind weitere vier Wochen vergangen und der Spätsommer hat Einzug gehalten. Ich weiß gar nicht, ob ich jemals so einen Sommer erlebt habe. Mit all seinen Höhen und Tiefen stehe ich heute umso fester mit beiden Beinen auf dem Boden. Nicht zuletzt nur, weil ich mein Leben ordnen konnte, sondern auch, weil ich endlich wieder Luft zum Atmen habe. Und plötzlich habe ich den Eindruck, dass alles nach Sommer riecht. Ich stehe am Strand, wo die Wellen meine Füße zart berühren, ich atme die salzige Luft ein, schließe die Augen und breite meine Arme aus. Mein weites Oberteil umspielt lässig meine Taille und die Sonne scheint mir mit all ihrer Kraft ins Gesicht. Ich lebe, liebe und lache und freue mich auf das, was mir das Leben noch zu bieten hat.

Meine Behandlung bei Professor Hagen ist soweit beendet, auch wenn er mich ermahnt hat, weiter auf mich aufzupassen und ich Unterstützung von außen zulassen soll. Das habe selbst ich jetzt begriffen, auch, wenn es mir anfangs sehr schwergefallen ist, mich von meinem alten Leben zu lösen, obwohl der Weg sehr steinig war. Meine Gedanken werden unterbrochen, als sich mein Handy bemerkbar macht.

Emilia:

Hallo Alexandra, wollte
dir nur schnell bescheid
sagen, dass wir jetzt auf
dem Weg zu dir sind. Den
Termin mit der Firma Fischer
konnte Marvin verschieben.
Spätestens um 18 Uhr sind
wir auf der Insel. Wir treffen
uns am Strand, du weißt schon.
Ich drück dich ganz fest!!
Deine Emi

Glücklich schaue ich auf die Nordsee hinaus. Marvin ist
auf dem Weg zu mir. Ich habe ihn zuletzt gesehen, als
er mich in meinem Haus vorgefunden hat, als Robert
mich …. Ich atme schwer aus und beschließe in diesem
Moment nicht mehr an diese schreckliche Zeit zurück-
zudenken. Um nur noch nach vorne sehen zu können,
werde ich unter mein altes Leben einen Schlussstrich ziehen. Bevor die beiden auf der Insel ankommen, werde ich
noch eine ausgiebige Dusche nehmen und mich danach
mit meinem Lieblingsparfum *Hypnotic Poison* von Dior
einsprühen. Dieser Duft, der mich unweigerlich an die
Nacht mit Marvin in Hannover erinnert. Ob er sich daran
auch erinnert, wenn er den holzig-orientalischen Duft von
Bittermandel und Kümmel, opulenter Arabischer Jasmin,
geheimnisvolles Jacarandra und sinnliche Vanille mit

Moschus in der Nase hat? Seither habe ich diesen Duft nicht mehr aufgetragen, weil es mein Herz zum Sprengen gebracht hätte. Diese märchenhafte Nacht, die einmalig bis heute geblieben ist.

Meine Haare bürste ich noch mal durch und entscheide mich, sie offen zu tragen. Ich umhülle meinen Körper mit einem Chiffonkleid aus reinster Seide in den schönsten Farben des Sommers, wie türkis, rosa und azurblau. Zu guter Letzt dürfen meine Glitzersandalen nicht fehlen und über die Arme streife ich verschiedene Armreifen, die so schön klimpern und funkeln. Ich schnappe mir meine Tasche, setze mir die Sonnenbrille auf und laufe am Strand entlang Richtung Hafen.

Es ist ein herrlicher Abend und ich kann von Weitem die Fähre der WDR sehen, die kurz vorm Anlegen ist. Mein Herz schlägt mir bis zum Hals und meine Hände sind feucht. Wie lange habe ich diesen Moment des freudigen Herzklopfens nicht mehr verspürt?!

Ein paar Minuten später kann ich einen schwarzen Audi RS 5 von der Fähre fahren sehen. Marvin und Emilia sind da! Mein Körper wird von einer Gänsehaut überzogen und ich kann es kaum noch erwarten, sie beide endlich in die Arme zu schließen. Emilia läuft bereits voraus und kommt zielstrebig auf mich zu. Sie hat das weiße Trägerkleid an, das ich ihr zum Geburtstag geschenkt habe. Ihre langen Haare wehen im Wind und als sie vor mir steht, kann ich wieder ihre unzähligen Sommersprossen erkennen, die wie Goldfunken in der Sonne um die Wette strahlen.

»Hey, meine Süße! Endlich kann ich dich mal wieder im Arm halten. Ich hab dich so vermisst.«

»Ich dich auch, Alexandra. Aber jetzt wird alles gut, oder?«

Mit Blick zu Marvin, der in der Zwischenzeit hinter ihr aufgetaucht ist, stimme ich ihr zu. Emilia wendet sich von uns ab und läuft zur Promenade.

Marvin und ich stehen ganz dicht voreinander und meine Augen füllen sich mit Tränen.

»Hallo Alexandra!«

»Marvin!« Ohne ein weiteres Wort fallen wir uns in die Arme und ich bin endlich diejenige, die meine Lippen an seine führt. Der Kuss, der nach Herzklopfen im Sommer schmeckt und für einen Moment die Welt anhält. Was für ein magischer Moment.

»Dieser Duft«, haucht Marvin.

»Du erinnerst dich noch?«

»Natürlich, mein Schatz. Das war die schönste Nacht meines Lebens und gleichzeitig auch der Anfang von allem.«

»Mir tut alles so schrecklich leid. Ich weiß gar nicht …«

Marvin legt seinen Finger auf meine Lippen, bevor er mich zärtlich küsst.

Er greift nach meiner Hand, küsst sanft meinen Handrücken und wir laufen zur Promenade, wo wir Emilia in Begleitung eines jungen Mannes sehen. Ich bleibe stehen und beobachte sie aus der Ferne.

»Davon hat sie mir gar nichts erzählt, aber ich würde sagen, bei denen läufts.« Grinsend schaut mich Marvin von der Seite an, als er seinen Arm über meine Schultern legt. Es versetzt mir einen kleinen Stich, weil ich vermute, Emilia vielleicht an diesen Mann zu verlieren. Doch ich wünsche ihr nichts mehr, als dass sie glücklich ist und dass sie ihr Leben in vollen Zügen genießen kann.

»Hey, ihr beiden«, kommt Emilia lächelnd und händchenhaltend zu uns gelaufen. »Darf ich vorstellen: Das ist Jonke. Er hat mir geholfen Marvin zu finden.« Ich schaue seitlich zu Marvin und beobachte seine Gestik und mir scheint, dass er auch einiges durchgemacht haben muss.

Zu viert gehen wir ins Restaurant *Zum Walfisch* und werden dort auch gleich freudestrahlend von Jola begrüßt.

»Hallo, ihr Lieben! Schön zu sehen euch!« Sie umarmt mich voller Freude und flüstert mir ins Ohr. »Den hätte ich auch haben wollen. Toller Mann.« Sie streicht mir noch über den Rücken und ich schaue voller Liebe zu Marvin.

Der Abend ist wunderschön und wir brechen erst kurz nach Mitternacht auf. Emilia geht mit Jonke und Marvin und ich? Wir schlendern eng umschlungen am Strand entlang und genießen die Spätsommerluft.

Marvin erzählt von den letzten Wochen in der Agentur und dass er Emilia das Geld für die fällig gestellte Bürgschaft geliehen hat. Natürlich werde ich Marvin das Geld zurückgeben. Das Wichtigste ist mir, dass Emilia nichts mehr mit ihrem Exfreund Tom zu tun hat und sich jetzt lieber diesem Jonke an den Hals wirft. Innerlich muss ich schmunzeln, weil mich nichts mehr aus der Bahn zu werfen scheint. Als wir am Südstrand auf der Höhe des Wellness Resorts sind, bleibe ich stehen und blicke mit einem verschmitzten Lächeln auf das beleuchtete und imposante Gebäude.

»Das nenne ich mal einen Kasten. Nicht schlecht«, pflichtet Marvin mir bei. Ich lächele in seine Richtung und wir laufen weiter barfuß am Stand entlang, bis Marvin stehen bleibt und mich zu sich zieht. Wir blicken uns tief in die Augen.

»Ich möchte nicht mehr ohne dich sein. Neun lange Jahre habe ich auf dich warten müssen und dieses unbeschreibliche Gefühl, wenn du in meiner Nähe bist, möchte ich nicht mehr missen.« Marvin legt seine Stirn an meine und schließt seine Augen. Seinen warmen Atem sauge ich in mir auf.

»Willst du meine Frau werden?« Ich schrecke auf und blicke direkt in Marvins Augen. Regungslos stehe ich vor ihm. Er umgreift mein Gesicht und schaut mich an.

»Willst du?« Ich nicke unter Tränen.

»Ja! Ja, ich will deine Frau werden!« Mein Herzklopfen wird immer stärker und ich springe Marvin an den Hals. Er umgreift meine Hüften und küsst mich. Langsam dreht er sich mit mir im Wasser und ich möchte am liebsten die Zeit anhalten.

Im Haus angekommen, lassen wir unsere Hüllen fallen, Marvin trägt mich ins Schlafzimmer, wo er mich behutsam auf dem Bett ablegt. Er streichelt mich sanft und küsst mich voller Leidenschaft. Ich bin in diesem Moment im vollen Glücksrausch und gebe mich ihm einfach nur hin. Der Duft meines Parfums zieht sich durch den ganzen Raum. Ich spüre Marvin und kann nicht glauben, dass ich so lange darauf warten musste.

Am nächsten Morgen zieht es uns direkt wieder an den Strand, wobei dieser Vorschlag, der von mir kam, nicht ganz uneigennützig war. Ich führe Marvin abermals zum Wellness Resort am Südstrand und bleibe direkt vor dem Eingangsbereich stehen. Irritiert sieht er mich an.

»Der Kasten hat es dir wohl angetan, hmmm?« Ich stelle mich vor Marvin und lächele ihn an. Er nimmt mich in den Arm und legt seine Stirn auf meine.

»Ich habe diesen Kasten gekauft.« Marvin hebt seinen Kopf und sieht mich unglaubwürdig an.

»Du hast bitte was?!«

»Ja. Ich bin die Inhaberin vom Wellness Resort am Südstrand.« Gespannt stehe ich vor Marvin und warte auf eine weitere Reaktion. Er schaut zum Gebäude und dann wieder zu mir, als er abermals mein Gesicht in seine Hände nimmt und mir dabei tief in die Augen sieht.

»Bist du verrückt geworden?«

Ich nicke. »Ja, vielleicht. Aber eins weiß ich ganz sicher. Ich bin verrückt nach Marvin Hover, weil ich ohne ihn nicht mehr sein will.« Er drückt mich fest an sich und ich kann seinen Herzschlag spüren.

»Und was machst du mit der Agentur?« Besorgt schaut er mich an. »Die Agentur werde ich verkaufen. Es gibt auch schon einige Interessenten. Ich möchte in Zukunft hier auf Föhr leben. Mit dir und mit Emilia, ein neues Haus kaufen und nur noch das machen, was mich glücklich macht. Und eins ist mir auch noch ganz wichtig. Ich würde gerne Emi adoptieren, vorausgesetzt, sie möchte das auch.« Marvin drückt mich noch fester an sich.

»Ich liebe dich, Alexandra.«

»Ich dich noch viel mehr.«

Man kann die Zeit nicht aufhalten, aber für die Liebe bleibt sie manchmal stehen.

Pearl S. Buck

Lesen Sie auch

Welche Frau wünscht sich nicht die eine beste Freundin, die bedingungslos für sie da ist und mit der sie alles teilen kann? Alexandra Marquardt, Inhaberin einer Werbeagentur in Hamburg, glaubt nicht daran, dass so eine tiefe Freundschaft möglich ist. Bis eines Tages Emilia Maier in ihrer Agentur anheuert und ihr Leben samt ihrer Ehe mit Robert auf den Kopf stellt. Die Freundschaft zwischen Alexandra und Emilia spitzt sich zu - sie streiten immer häufiger, bis Emilia in der Agentur kündigt. Erst in Wyk auf Föhr, wo Alexandra einen Zweitwohnsitz hat, treffen beide wieder aufeinander. Doch dann wird Emilia lebensgefährlich verletzt. Wie jeder glaubt, von ihrem Freund Tom, doch diesmal war er unschuldig. Alexandra setzt alle Hebel in Bewegung um Emilia zu schützen und sieht sich einem Balanceakt zwischen Freundschaft und Karriere ausgesetzt. Wenig davon begeistert ist Alexandras langjähriger Mitarbeiter und bester Freund Marvin Hover.

Kann auch er nicht über seine wahren Gefühle sprechen?